채만식의 민족문학

채만식의 민족문학

공종구

역락

『채만식의 민족문학』이라는 이름의 책을 세상에 내보낸다. 이 책의 주제는 아주 명확하다. '채만식은 왜 기억해야만 하는가?'이다. 이 책의 주제가 주제인 만큼 거창하게, 그리고 아주 거룩하게 머리말을 시작하도록 한다. 이 책을 쓰게 된 동기는 애오라지 딱 하나. 딱 하나인 만큼 그 동기 또한 주제만큼이나 명확하다. 채만식과 채만식 문학에 대한 사명감과 소명감에서이다. 친일문학과 관련하여 채만식이 부당하다 싶을 정도로 과도하게 짊어지고 있는 무거운 굴레나 족쇄, 그리고 오명과 낙인을 조금이나마 광정하기 위한 '충정'과 '단심'에서이다.

현직에서 은퇴하기 직전까지 채만식의 문학에 대해 누구 못지 않은 애정과 관심을 가지고 있는 연구자로서 학술 발표나 특강, 논문이나 연구서 등을 통해 하고 싶은 이야기를 충분히 했다고 생각해왔다. 하여, 은퇴 이후에는 더 이상 채만식에 관해서 이야기를 하거나 글을 쓸 기회가 없겠거니 막연히 생각을 해오고 있던 터수였다. 하지만 인간지사 새옹지마. 인생이란 게 항상 뜻대로 마음대로, 그리고 계획대로 바람대로만 이루어지던가!

군산대학과의 인연으로 군산에 이주한 지 벌써 30여 년이 넘어섰다. 그 30여 성상이 흘러오는 동안 채만식에 대한 지역사회의 관심이나 애정은 갈수록 희박해져 가는 느낌이다. 안타까운 일이 아닐 수 없다. 더욱이 최근 들어서는 '친일'이라는 프레임에 갇혀 채만식에 관한 논의나 관련 프로그램들은 지지부진의 차원을 넘어 옴나위조차도 못하는 형국의 양상마저 보이고 있다. 이러한 현실을 속수무책으로 수수방관만 해서는 안 되겠다는 생각이 들었다. 이 책의 집필을 시작한 결정적인 계기였다. 그 생각에 추동되어 쓰게 된 이 책을 통해 채만식 문학의 정당한 이해와 평가를 가로막고 있는 친일문학·친일문인이라는 프레임의 각도와 강도를 조정 또는 완화해보고자 했다. 채만식과 그의 문학이 과도하게 짊어지고 있는 친일의 족쇄와 굴레, 그리고 오명과 낙인이 그의 문학에 대한 정당하고도 온당한 평가와 이해를 가로막는 결정적인 장애로 작용하고 있다는 판단에서였다.

이 세상에서 항상 당위만 실천하며 살아가는 사람은 드물다. 거의 대부분의 장삼이사들은 '당위적 윤리'와 '현실적 욕망' 사이에서 고민과 번민을 거듭거듭 반추하다 이런저런 핑계나 명분의 방어기제를 동원하는 합리화 전략을 통해 현실적인 필요나 욕망과 타협하면서 살아간다. 바로 그 당위와 현실 사이의 간격이나 간극에서 심리의 단층인 내면의 균열과 분열이 발생하기 마련이다. 그리고 그 균열이나 분열의 파동이나 파장을 섬세하게 따라 읽는 일이 인문학(자)의 과업이 아닌가 생각한다. 짐작건대 채만

채만식의 민족문학

식이 대일 협력의 길로 들어서게 되는 드라마 또한 이와 크게 다르지 않았으리라. 물론 그 드라마의 진행 과정은 훨씬 더 치열하고 격렬했을 것이다. 어찌 그러지 않았겠는가! 민족과 역사의 기대를 저버리는 대일 협력의 드라마가 아니던가?

채만식의 대일 협력 행위는 당시의 객관적인 정세나 시대적인 조건, 그리고 그가 처한 실존적인 정황이나 처지 등 여러 가지 복합적인 변수나 상황들을 고려하거나 존중할 때 일방적으로 매도하거나 비난 또는 단죄할 만한 일은 아니라고 생각한다. 그 연장선에서 그의 문학 전체나 본질을 '친일문학'으로 그리고 그의 작가적 정체성을 '친일문인'으로 규정하는 일 또한 온당한 처사는 아니라고 생각한다.

채만식의 대일 협력 행위는 고노에 2차 내각의 신체제기(1940-1945)에 이루어진다. 일제 말의 '암흑기'로 통칭되는 이 시기는 만주사변(1931)에서 시작되는 15년 전쟁의 전선이 중일전쟁(1937)과 태평양 전쟁(1941)으로 확장되면서 결국 일제가 패망으로 끝나는 때이다. 전·후방이 따로 없는 총동원 체제에 대비한 '고도국방 체제'의 완성을 시정의 목표로 내세운 이 시기는 내선일체와 황국 신민화 운동을 축으로 작동하던 천황제 파시즘의 광기가 식민지 조선의 모든 영역에 일상의 공기처럼 음울하게 떠돌던 때였다. 징병과 징용, 창씨개명이나 국어 상용 등 식민지 조선의 모든 인적·물적 자원을 전쟁 수행의 수탈 도구로 영토화하던 그 시기에 시국 협력으로부터 자유로울 수 있는 분야는 그 어디에도 없었다.

'문학장(literary field)'이라고 비켜갈 리 만무했다.

'조선문인협회'는 1943년 시국 협력에의 지향을 노골적으로 드러내는 명칭의 '조선문인보국회'로 개칭·개편된다. 『문장』과 『인문평론』은 강제 폐간(1941)된 후 '국책문학'에게만 활자화의 은전을 허용하는 최재서 주간의 『국민문학』으로 통합된다. 검열 상황 또한 훨씬 더 엄혹한 수준으로 강화된다. 구체적인 창작 지침을 강제한 후 이를 어길 경우 다양한 수준의 제재와 처벌이 뒤따랐다. 설상가상, 당시 그가 처한 실존적인 정황이나 처지는 채만식을 막다른 골목이나 벼랑 끝으로 몰아갔다. 20대 이후 평생 그를 집요하게 따라다니면서 괴롭혔던 악몽과도 같은 극심한 가난과 병고가 화불단행으로 중첩되면서 채만식은 허무와 우울의 독한 기운에 감염된다. 그로 인한 육신의 고통과 마음의 지옥은 생의 에너지를 탕갈하면서 채만식은 타나토스 충동의 유혹에 시달렸다. 게다가 '액년'으로 규정하고 있는 1939년에는 '개성독서회 사건'으로 경찰서 유치장에서 한 달 보름여 동안 구류를 경험한다. 이러한 시대적·개인적인 차원의 요인들이 복합적으로 작용하면서 채만식은 '소극적 보신주의' 차원에서의 현실적인 타협을 통해 대일 협력의 길로 들어서게 된다. 지금 생각하면 통탄스러울 정도로 안타깝기 그지없는 일이 아닐 수 없다. 하지만 당시 채만식은 역사와 민족의 대의 못지않게 가족의 생계 부양 책임자로서의 도리를 감당해야만 하는 가장의 역할을 외면할 수 없었을 것이라고 생각한다.

채만식의 대일 협력은 일신의 영달이나 출세같은 세속적이고 개인적인 욕망과는 거리가 멀었다. 매사에 깔끔하고 바자윈 성정에다 냉소의 기운이 아주 강했던 기질로 미루어 짐작건대 그는 최소한 그럴 만한 애바리나 부라퀴는 못되었다. 당연히 투철한 신념에 의한 내적 논리를 가지고서 그 길에 들어서지도 않았을 것이다. 더구나 채만식은 42명의 '친일문인' 가운데 거의 유일하게 「민족의 죄인」이라는 작품을 통해 참회의 고백을 남기고 있다. 그 참회의 진정성에 대해서는 인색할 필요가 없다고 생각한다.

다시 한 번 반복하지만, 일제 말기 야만의 신체제기에 채만식이 처한 실존적인 처지나 정황을 두루 그리고 충분히 고려하거나 존중하지 않고 그 결과만을 가지고서 채만식을 일방적으로 매도하거나 비난 또는 단죄해서는 안 된다고 생각한다. 일제 말 천황제 파시즘의 광기와 야만의 시대를 감당하느라 힘겹고도 버거운 고투를 강요당해야만 했던 채만식 개인에게는 물론 그 당시 역사에게도 예의는 아니라고 생각하기 때문이다.

이 책은 세 편의 논문으로 구성되어 있다. 그 중심과 핵심은 당연히 「채만식은 왜 기억해야만 하는가?」라는 논문이다. 분량 자체부터 다른 두 편의 논문에 비해 비교라는 말 자체가 무색할 정도로 압도적으로 길며 내용 또한 이 책의 주제와 직접 맞닿아 있기 때문이다. 게다가 다른 두 편의 논문이 기존에 발표했던 글을 약간 수정·보완한 후 재수록한 데 비해 이 논문은 아예 새로 작성한 글이다. 그렇지만 다른 두 편의 논문 또한 이 책의 문제의

식과 밀접한 관련이 있다. 뿐만 아니라 「채만식은 왜 기억해야만 하는가?」라는 논문의 문제의식을 공유하고 있다. 두 편의 논문을 같이 수록한 이유이다. 「채만식의 『탁류』에 나타난 군산의 지정학」은 군산 거주 조선인과 일본인 거주 공간의 극명한 대비를 통해 일제 식민주의 이데올로기의 허구와 폭력성을 당시 현장의 시선을 통해 생생하게 증명하고 있는 글이다. 「채만식 문학의 대일 협력과 반성의 윤리」라는 논문은 말도 많고 탈도 많은 「민족의 죄인」의 발표 경위와 동기 그리고 그 의미에 대해 분석하고 있는 글이다.

이 책을 집필하는 내내 채만식이 처한 당시의 시대적인 배경과 조건, 그리고 실존적인 처지나 정황 등을 충분히 존중하고 고려하고자 하였다. 그러한 전제를 바탕으로 그의 대일 협력 행위를 가능한 한 이해하고자 하는 스탠스를 잃지 않으려고 하였다. 분량이 그렇게 많지 않은 이 책을 집필하는 과정 내내 나를 지배했던 감정은 양가적이었다. 개인적으로 애정과 관심이 많은 채만식이라는 작가를 위한 글을 쓴다는 생각에서 오는 보람과 성취감이 한쪽에 자리잡았다. 그에 못지않게 다른 한쪽에 자리잡은 정동은 채만식과 같은 작가가 일제의 폭력적인 지배 아래 대일 협력의 길로 들어서는 과정에서 겪을 수밖에 없었던 극심한 내면의 분열과 균열에서 오는 마음의 지옥을 들여다보는 일에서 촉발되는 안타까운 소회였다.

이번에도 도서출판 역락의 도움을 받아 이 책을 세상에 내보낸다. 이 책이 채만식의 문학을 좀 더 정확하게 이해하는 데 조금이나마 도움이 되었으면 하는 바람이다. 특히 채만식 문학 전체나 본질을 '친일문학'으로, 그리고 채만식의 작가적 정체성을 '친일문인'으로 알고 있거나 생각하는 군산 지역사회의 구성원들이 많이 읽어주었으면 하는 바람이다.

이 세상에 부모를 선택해서 태어날 수 있는 사람은 아무도 없다. 마찬가지로 시대를 선택해서 태어날 수 있는 사람 또한 아무도 없다. 내가 만일 일제 강점기에 태어나 채만식과 같은 상황이나 조건에 처했다면 과연 어떤 선택을 하게 되었을까?라는 불편한 질문을 반추하면서 이 글을 매기단하고자 한다.

월명산 산자락의 공부 공간에서

2024. 3.

공종구

채만식은 왜
기억해야만 하는가?

채만식은 왜 기억해야만 하는가?

1. 들어가는 글

채만식은 왜 기억되어야 하는가? 아니 왜 기억해야만 하는가? 이 글의 문제의식을 자극하는 지점은 바로 이 당위론적 질문에서 이다. 이 글의 행로는 따라서 당연히 이 질문에 대한 답을 찾아 나 서는 여정이 될 것이다. 이 답사를 수행하는 과정에서 이 글이 집 중적인 관심을 기울이고자 하는 작업은 채만식의 대일 협력(친 일)[1]과 관련된 자료와 기존 연구들을 탐색하고 천착하는 일이다.

---

1   친일문학(론)의 양상을 총체적으로 개관하고 있는 글에서 방민호는 '협 력'이라는 용어가 막연히 일본을 지지하고 추수한다는 뜻을 내포하는 '친일'이라는 용어에 비해 체제에 대한 문학인들의 협조 행위를 구체적 으로 지시하고, 또 그것에 정치적 해석을 기할 수 있도록 해 주는 장점을 가지고 있다는 이유를 들면서 '협력'이라는 용어의 상대적 비교 우위를 주장하고 있다. 이에 대해서는 방민호, 「일제 말기 문학인들의 대일 협력 유형과 의미」, 『일제 말기 한국문학의 담론과 텍스트』, 예옥, 2011, 30면.

일제 강점기 식민지 조선의 문학 지형에서 채만식이 차지하고 있는 돌올한 문학적 성취와 개성에도 불구하고 그러한 평가를 가로막는 결정적인 장애 요인이 바로 대일 협력 문제이기 때문이다.

누가 뭐래도 채만식은 식민지 조선의 문학 지형에서 돌올한 봉우리를 차지하고 있는 정전의 반열에 올라선 작가이다. 또한 일제 강점기 식민 지배 권력의 억압과 폭력에 대해 어느 작가 못지않게 정직하면서도 치열한 대결의지를 실천한 작가이기도 하다. 더불어 그 권력을 지탱하고 유지하기 위해 일제가 동원한 식민주의 이데올로기의 허구와 위선의 외설적 이면과 그늘에 대해 발군의 통찰을 보여준 명민한 지성이기도 했다. 구체적으로 채만식은 『탁류』를 통해 한 세기가 지나도 그 격차나 간극이 해소될 것 같지 않아 보인다는 판단을 할 정도로 극명하게 대비되는 일본인과 조선인의 주거 공간의 위계와 차이를 통한 1930년대 군산의 지정학을 통해 "갖은 이데올로기적 공세와 여론 조작을 동원하여 식민 지배의 정당성과 당위성을 주장했던 일제의 선전과 책략이 허

'친일'과 '협력'의 용어 사용 문제에 대한 방민호의 지적은 설득력은 지니고는 있다. 하지만 오늘날 일반적인 맥락에서 부정적인 뉘앙스의 강도가 상대적으로 더 강한 용어는 '친일'이다. 따라서 이 글에서는 가치 평가적인 맥락을 더 강조하고자 하는 경우에는 '친일'이라는 용어를, 그리고 상대적으로 그 반대의 경우에는 '대일 협력'이라는 용어를 혼용하고자 한다.

채만식의 민족문학

구적 이데올로기에 불과"[2]할 뿐이었다는 사실을 냉철하게 간파하고 있다. 또한 시종일관 서술자의 통렬한 냉소와 야유를 통해 노골적인 경멸과 조롱의 대상으로 풍자되고 희화화되는『태평천하』의 윤직원 영감이 그 전형을 극명하게 압축하고 있는, 식민지 부르조아들의 탐욕과 파렴치에 대해 가차없는 혐오와 적대의 십자포화를 안긴 비판적인 지성이기도 하다. 자신들의 축재와 영달을 위해서라면 식민 지배 권력에 기생하거나 영합하는 것쯤은 아무렇지도 않게 생각했던 윤직원 영감같은, 민족과 역사의 청맹과니나 애바리를 서사의 전면에 내세워 야유와 조롱의 융단폭격에 속수무책으로 노출시킨『태평천하』한 작품만으로도 채만식은 식민지 조선의 문학 지형에서 독보적인 개성으로 빛나는 성채의 영주로 평가받기에 조금도 손색이 없다. 채만식에 대한 이러한 평가들은 조금도 과장이 아니다. 따라서 그러한 평가에 대해 딴죽을 걸거나 꿍짜를 놓을 사람은 아마도 거의 없을 것이다.

이러한 문학적 성취와 개성에도 불구하고 채만식은 친일인명사전의 등재와 김재용의「채만식: '멸사봉공'을 통한 근대 초극」[3] 이후 일제 말기 신체제기에 발표한 대일 협력의 글들이 집중적인 표적이 되면서 정당한 평가나 인정을 받지 못하고 있는 실정이다.

---

2   공종구,「채만식의『탁류』에 나타난 군산의 지정학」, 전북학연구센터,
     『전북학연구』제10집, 2023.12, 11면.
3   김재용,『협력과 저항』, 소명출판, 2004, 95-116면 참조.

더욱 안타까운 것은 일련의 대일 협력 글들이 빌미나 언턱거리가 되어 그의 작가적 정체성을 친일 문인으로, 그리고 그의 문학 전체나 본질을 친일문학인 것처럼 일방적으로 매도하거나 비난 또는 단죄하고 있는 점이다. 구체적인 검토와 논의를 통해서 이야기를 하겠지만 이러한 평가는 결코 온당하다고 할 수 없다.

누구보다 먼저 본인 자신이 밝히고 있는 바이지만, 채만식은 일제 말기 신체제기에 대일 협력의 글들을 발표했다. 부인할 수 없는 명명백백한 사실이다. 하지만 「세 길로」(1924)를 통해 등단한 이후 유명을 달리하는 순간까지 시종일관 그가 객관적인 법칙성을 가지고서 보여준 문학적 실천은 한마디로 '비판적 리얼리즘'을 추구했던 민족문학 작가임에는 부정할 수 없는 것 또한 분명한 사실이다. 그가 발표한 문학작품의 중심에는 항상 일제의 식민 수탈과 억압으로 인해 고통받는 일제 강점기 식민지 조선의 구체적인 현실에 대한 비판적인 문제의식과 치열한 대결의지가 구심력으로 작용하고 있기 때문이다. 따라서 다시 한 번 명확하게 밝히건대, 채만식이 마치 친일문인의 대명사인 것처럼, 그리고 그의 문학 전체나 본질이 친일문학인 것처럼 일방적으로 매도하거나 비난 또는 단죄하는 것은 결코 온당한 처사가 아니라고 생각한다. 그럼에도 불구하고 안타깝게도 채만식을 결박하고 있는 친일문인이라는 오명이나 낙인, 굴레나 족쇄의 프레임은 그의 문학을 정당하게 평가하는 데 장애 요인으로 작용하고 있다. 안타까운 일이 아닐 수 없다.

이러한 문제의식에서 출발하는 이 글은 채만식 문학의 정당한 이해와 평가를 가로막고 있는 친일문학·친일문인이라는 프레임의 각도와 강도를 조정 또는 완화해보고자 한다. 사실 관계에 부합하는 프레임의 중심 이동 작업을 통해 이 글은 채만식이 부당하다 싶을 정도로 과도하게 짊어지고 있는 친일의 족쇄나 굴레, 오명과 낙인을 해소하거나 완화해보고자 한다. 이러한 문제의식과 목적을 지니고서 출발한 이 글이 집중적으로 탐색하고 천착하고자 하는 작업은 채만식의 문학을 '친일문학'으로 매도하거나 비난하는 것이 과연 온당한가? 아니라고 한다면 왜 그러한가? 이러한 질문들에 대한 답변을 그 당대의 사회·역사적 맥락과의 유기적인 연관 속에서 제시하고자 한다. 이 글은 따라서 기본적으로 당시 채만식이 처한 실존적인 처지나 정황을 두루 그리고 충분히 고려하거나 존중하면서 대일 협력의 길로 들어서게 되는 과정을 가능한 한 이해하고자 하는 입장에서 구체적인 논의를 전개하고자 한다.

2. 채만식의 문학은 왜 기억해야 하는가?

　모든 존재와 현상에는 빛과 그림자가 공존하기 마련. 그게 바로 이 세상 만물의 근본 원리이자 이치이다. 채만식과 채만식의 문학을 둘러싼 판단이나 평가 또한 마찬가지이다. "염상섭의 문

학과 겨루면서 우리 소설사에 우람하게 서"[4] 있거나 "우리 근대소
설사에서 생활과 문학 양면에서 현실과의 가장 치열한 대결을 보
여준 작가로 채만식을 능가할 작가는 없다"[5]라는 평가를 받을 정
도로 채만식은 한국의 근대문학사 지형에서 결코 무시할 수 없는
비중이나 의의를 차지하고 있는 작가이다. 하지만, 매우 안타깝게
도 채만식은 일제 말기 신체제기에 만세일계의 천황을 정점으로
하는 파시즘 체제와 식민주의 이데올로기에 동조하거나 승인하
는 대일 협력의 글을 발표한 바가 있다. 이 사실 자체를 부인하거
나 부정할 수는 없을 것이다. 그것은 무엇보다 '나는 하루아침 잠
이 깨어 수렁(無底沼) 가운데에 들어섰는 나 자신을 발견하였다. 한
정 없이 술술 자꾸만 미끄러져 들어가는 대일협력자라는 수렁[6]',
'한번 살에 묻은 대일 협력의 불결한 진흙은 나의 두 다리에 신겨
진 불멸의 고무장화였다. 씻어도 깎아도 지워지지 않는 영원한
'죄의 표지(標識)'였다'[7]와 같이, 채만식 본인 자신이 먼저 고백하
고 있기 때문이다.

4   김윤식, 「채만식의 문학 세계」, 김윤식 편, 『채만식』, 문학과 지성사, 1984,
     13면.
5   신두원, 「풍자와 리얼리즘적 부정 정신의 안과 밖: 채만식론」, 이주형 편,
     『채만식 연구』, 태학사, 2010, 139면.
6   채만식, 「민족의 죄인」, 『레이메이드 인생』, 문학과 지성사, 2008, 135면.
7   위의 책, 136면.

아무튼 채만식은 정전 작가의 반열에 올라설 정도의 빼어난 문학적 성취와 개성에도 불구하고 친일문제로 인해 끊임없는 논란과 시비의 대상으로 부각된다. 친일문제를 둘러싸고서 벌어지는 논란과 시비는 본말전도의 양상마저 보이면서 그의 문학에 대한 논의를 오히려 변방으로 밀어낼 정도이다. 채만식의 친일문제는 2002년 민족문학작가회의와 민족문제연구소가 중심이 되어 친일문인 42인의 명단을 발표하고 뒤이어 2008년 민족문제연구소에서 발간한 『친일인명사전』에 그의 이름이 등재된 이후부터 공론장에서 본격적인 논의가 이루어지기 시작한다. 그런데 고약하게도 채만식의 친일 문제 논의는 다른 작가들에 비해 더욱 복잡한 양상으로 전개된다. 크게 두 가지 이유 때문이라고 생각한다.

하나는 역사와 민족의 제단에 바치는 고해성사이자 일제의 식민 지배로부터 벗어난 해방정국을 맞이하여 진정한 민족문학 창작에 매진하겠다는 출사표의 의미를 지니는 「민족의 죄인」이라는 작품 때문이다. 인간지사 새옹지마. 그리고 인간사 본질은 아이러니. 인간사는 항상 주관적인 희망이나 바람, 기대나 의도대로만 실현되지는 않는 법. 오히려 기대와 희망과는 정반대의 엉뚱한 방향에서 실현되는 경우 또한 적지 많은 법이다. 「민족의 죄인」은 정확하게 그러한 경우에 해당한다. 채만식의 바람이나 기대와는 달리 이 작품에 대해서는 "이광수를 많이 닮은 그 글은 구차스러운 변명이고, 자기 합리화를 위한 공범의식의 조장일 뿐 진정성이라고는 없다"[8]라는, 아주 가혹하거나 인색한 평가가 있기 때문이다. 2년 6개월 정도의 시차가 나는 탈고 시점(1946.5.19.)과 발표 시점(1948.10, 1949.1) 사이에 엄청난 감정노동과 신경소모를 감내하는 과정에서 극한을 오가는 고뇌와 갈등을 반추하며 창작했을 그 작품[9]은 참회의 진정성을 인정받기는 커녕 오히려 그의 친일 논의를 더욱 복잡하게 증폭시키는 요인으로 작용한다.

「민족의 죄인」과 더불어 채만식의 친일 문제를 더욱 복잡하게 만드는 또 다른 요인은 등단 이후 시종일관 그가 실천한 바 있는 비판적 리얼리즘에 기초한 민족문학 작가로서의 정체성 때문이다. 연구자들이 이구동성 그리고 여출일구로 지적하는 바이지만, 채만식은 등단 이후 유명을 달리하는 순간까지 구체적인 식민지 조선의 현실과 역사적인 전망에 대한 탐색을 핵심 동력으로 하는 비판적 리얼리즘에 기초한 민족문학 수립에 진력해 온 작가이다. 뒤에 구체적으로 설명을 하겠지만 그의 개인적인 기질이나 성향, 평소의 문학관, 등단 직후 이갑기와 공방을 주고받은 동반자 작가 논쟁 등 여러 가지 측면에서 채만식의 친일 행위는 쉽게 이해가

---

8   조정래, 『누구나 홀로 선 나무』, 문학동네, 2002, 213면.

9   탈고 시점과 발표 시점의 차이를 비롯한 이 작품의 발표 경위와 동기, 그리고 그 의미에 대해서는 공종구, 「채만식 문학의 대일 협력과 반성의 윤리」, 『일제 강점기 민족문학 작가와의 대화: 염상섭·채만식·김사량』, 역락, 2022, 311-318면 참조.

안 되는, 따라서 그의 전체 문학 지형에서 크레바스와도 같이 느닷없이 형성된 단층과도 같은 하나의 사건이다. 그의 친일 행위에 대한 논의가 복잡하게 증폭되는 이유이기도 하다.

이 두 가지 요인 가운데 특히 신경증적 결벽증으로 인한 민감한 죄의식에 추동되어 발표했을 「민족의 죄인」은 그 의도와는 전혀 달리 엉뚱하게도 채만식의 친일 문제를 더욱 더 크게 부각시키는 아이러니한 결과를 가져온다. 하지만 친일을 쟁점으로 한 숱한 논란에도 불구하고 일제 말기 신체제기라는 특정한 시기의 예외 상황에서 집중적으로 이루어진 대일협력 행위 때문에 그의 문학적 성취 전체를 부정하거나 평가절하 또는 폄훼하는 태도는 채만식의 문학에 대한 예의나 윤리는 아니라고 생각한다. 등단 이후 유명을 달리하는 순간까지 혼신의 진력으로 '민족문학의 신전에 바친 채만식의 구도자적 열정과 헌신의 의지'[10]는 그 어느 것으로도 무화될 수 없기 때문이다. 아니 무화되어서는 안 되기 때문이다.

「봄과 외투와」(『혜성』, 1931.4), 「봄과 여자와」(『신여성』, 1931.4), 「청량리의 가을」(『동광38』, 1932.10), 「자전거 드라이브」(『동아일보』, 1933.4.24), 「전당포에 온 봄」(『신가정』, 1933.4), 「액년」(『박문』, 1940.3), 「병여잡기」(『조광』, 1940.4), 「병후기」(『매일신보』, 1940.5.10) 등의 산문을 통해서 알 수 있는 바와 같이, 1930년 무렵부터 의좋은 형제

---

10   이에 대해서는 공종구, 「채만식의 산문」, 위의 책, 166-168면 참조.

나 벗처럼 화불단행으로 찾아와 채만식을 괴롭힌, 적빈이 여세와
도 같았던 극도의 궁핍과 걸어다니는 종합병동이라고 할 정도의
온갖 질병으로 인한 병고가 설상가상으로 중첩되는 악전고투의
상황을 악착으로 견디고 버티게 만들 수 있었던 유일한 동력은
바로 민족문학의 수립에 대한 그의 염원과 의지였다. 더불어 냉소
나 야유를 매개로 한 풍자의 담론 전략을 통해 일제의 수탈과 폭
력에 대한 대결의지를 실천하거나 그가 항상 아쉬워했던 빈약한
근대문학의 전통에서도 한국어와 한국문학이 도달할 수 있는 가
능성의 최대치를 실현할 수 있는 기회의 창을 제공했던 것 또한
그러한 염원과 의지였다.

구체적으로 그러한 염원과 의지는 채만식으로 하여금 '식민지
적 조건이 만들어낸 전형적인 여러 현실들, 즉 봉건주의적 잔재의
광범한 온존, 식민지적 자본주의화에 따른 농민의 궁핍화와 노동
계급의 성장, 식민지 교육에 의한 소시민적 지식인의 산출과 그들
의 실직 문제, 사회운동의 좌절과 그에 따른 인격적 파탄 등 당대
의 여러 현실문제'[11]들에 지속적인 탐색과 치열한 대결을 가능하
게 했다. 이러한 문학적 실천을 통해 "채만식은 끊임없이 식민지
체제의 본질에 관한 의문을 자신의 작품에서 제기하면서 30년대
후반의 우리 식민지 문단에서 가장 중요한 작가로 찬연하게 떠올

11   염무웅, 「식민지 민족현실과의 대결: 채만식에 관한 두 개의 글」, 『혼돈
     의 시대에 구상하는 문학의 논리』, 창작과 비평사, 1995, 220-221면.

랐다".[12]

특히 일제 식민지 시대 최고의 문학적 성취로 평가받는『태평천하』를 비롯하여 영면하는 순간까지 혼신을 다해 발표한 바 있는 적지 않은 작품들을 통해 그가 추구했던 식민 지배 권력의 억압과 폭력에 대한 비판과 부정의 정신은 여전히 현재형으로 그 빛을 조금도 잃지 않고 있다. 더불어 일제 강점기 소설에 등장하는, 각자 고유한 개성과 매력으로 빛나는 그 숱한 인물들의 성좌 가운데 올연독좌 그에게 필적할 만한 캐릭터를 찾아보기 힘들 정도의 압도적인 존재감을 과시하는 윤직원 영감같은 선명한 인물을 창조했다는 점 하나만으로도 채만식은 1급 정전 반열에 올라선 작가로 평가하는 데 조금도 부족함이 없다.

더욱이 이민족의 식민 지배를 받는 일제 강점기 상황에서도 나라야 있든 말든, 그리고 주변의 동포들이야 죽든 말든 오불관언, 식민 지배 권력과 결탁하거나 야합을 해서라도 나 혼자만 부귀영화와 호사를 누리며 잘 살면 더 이상 바랄 게 없는 이 지상 최고의 낙원이자 태평천하라는, 천박의 정점을 보여주는 정신적 불구의 윤직원 영감과 같은 식민지 부르조아들의 무의식의 욕망이 연출하는 드라마의 생생한 현장을 한 치의 가감 없이 생생하게 인화하는 데 성공하고 있는 그 명장면 하나만으로도 채만식이 이룩

---

12   위의 글, 211-212면.

한 문학적 성취와 개성은 단연 독보적이다. 식민지 조선의 문학 지형에서 그러한 문학적 성취와 개성이 차지하는 의의나 비중 또한 단연 독보적이다. 그 부분에 대한 평가에 대해서는 많은 한국 근대문학 연구자들이 별다른 주저나 유보없이 기꺼이 동의하는 부분이다. 일제 말기 신체제기에 이루어진 대일 협력 행위에도 불구하고 채만식을 기억해야만 하는 중요한 이유이다.

3. 기억의 장벽으로서의 대일 협력

최유찬은 『『채만식의 항일문학』을 통해 채만식의 문학을 친일문학으로 규정하는 해석이나 평가에 정면으로 충돌하는 주장을 제기하고 있다. 그러한 문제제기에도 불구하고 일제 말기 채만식은 『여인전기』나 「냉동어」 등의 소설과 「문학과 전체주의」(『삼천리』, 1941.1), 「시대를 배경하는 문학」(『매일신보』, 1941.1.5,10,13-15), 「대륙경륜의 장도, 그 세계사적 의의」(『매일신보』 1940.11.22.,23), 「자유주의를 청소」(『삼천리』, 1941.1), 「위대한 아버지 감화」(『매일신보』, 1943.1.18), 「추모되는 지인태 대위의 자폭」(『춘추』, 1943.1), 「홍대하옵신 성은」(『매일신보』, 1943.8.3) 등과 같은 시사 평론이나 논설을 통해 일제의 식민주의 이데올로기에 동조하거나 총동원 체제에

협력하는 글들을 남기고 있다.[13]

조선은 정치적으로나 경제적으로나 문화적으로나 일본제
국의 한 개 지방에 불과한 자이다. 그러므로 일본제국이 새
로운 시대를 맞이하는 데에 좇아서 조선도 자연히 그 새로
운 시대를 맞이하는 동시에 조선의 문학 또한 그에 따르지
않지 못할 것이다.
'신체제하의 조선문학의 진로는?'이라는 물음에 대하여
대답은 그러므로 오직 그리고 수월하게 "신체제하에 순응
하는 방향"이니라고 할 수가 있는 것이다.(「시대를 배경하는 문
학」, 『채만식전집』10, 235면)

8월 1일로 뜻깊고 감격 큰 조선의 징병제도는 마침내 실시
가 되었다. 이로써 조선땅 2천 4백만의 백성도 누구나가 다
총을 잡고 전선에 나아가 나라를 지키는 방패가 될 자격이
생겨진 것이다. 조선동포에 내리옵신 일시동인(一視同仁)의 성
은(聖恩) 홍대무변(鴻大無邊)하옵심을 오직 황공하여 마지 아니
할 따름이다. 2천 4백만 누구 감읍치 아니할 자 있으리요……
그러나 이 소화 18년 8월 1일 역사적인 날로부터는 조선 2

---

13   공종구, 「채만식 문학의 대일 협력과 반성의 윤리」, 앞의 책, 295-296면
      참조.

천 4백만의 백성도 어깨가 우쭐하여 "나도 오늘부터는 황국신민으로 할 노릇을 다하는 백성이로라" "나도 오늘부터는 천하에 부끄럽지 아니한 황국신민이로라"고 큰소리를 쳐도 좋게 되었다. (채만식, 「鴻大하옵신 聖恩」, 『채만식전집』10, 594-595면)

　　나라를 위하여 피를 흘리지 못하는 백성은 국민 될 참다운 자격을 가지지 못한 백성일 것이다. 그런 의미에서 저 '노몬한' 사건 당시 외몽고의 쌍패자 부근 상공에서 장렬한 전사를 하여 지금은 정국신사(靖國神社)에 그 영령이 뫼시어 있는 고 지인태 육군 항공병 대위야말로 조선 2천 4백만 민중이 비로소 제국신민으로서의 의무와 자랑을 누리기 시작하게 된 최초의 영광을 차지한 용사라고 하여야 할 것이다. 반도 출신의 제국군인으로서 동 '노몬한' 사건은 물론이요, 지나사변과 대동아전쟁을 통하여 장병간(將兵間) 맨 처음으로 천황폐하께 가벼운 일명을 바치어 나라를 지키는 귀중한 주춧돌이 된 이가 곧 지인태 대위였던 것이다.(채만식, 「追慕되는 池麟泰 大尉의 自爆」, 『채만식전집』10, 587-588면)

　　매우 안타까운 사실이지만 채만식이 대일 협력의 글을 발표하기 시작한 것은 "부디 전지의 제일선을 한번 가보고 싶었고, 그러고 나서 나의 '백일홍과 병정'을 테마하여 한편의 소설도 엮어보고 싶은 생각이 간절하다"[14]라는 소회를 드러내고 있는 「나의 '꽃과 병정'」(1940.7)이후이다. 또한 '1944년 2월 8일에서 3월 31일까지 '미영 격멸 국민 총궐기대회'의 행사 일원으로 황해도 파견, 동년 4월 중순 경 증산 부면의 양시 알미늄 공장 파견'[15] 등 몇 차례의 시국강연에 참여한 것은 명명백백한 사실이다. 이에 대해서는 누구보다 채만식 본인이 먼저 「민족의 죄인」을 통해 인정하고 고백하고 있는 바이다. 따라서 이 부분에 대해 견강부회의 억지논리를 동원하여 호도하거나 합리화하려고 해서는 안 된다고 생각한다. 그러한 일은 채만식 본인도 원하지 않을 것이다.

문면에서 보는 바와 같이 채만식은 1940년 7월 식민지 조선의 모든 영역을 일제의 전쟁 수행에 동원하고자 하는 총동원체제를 위한 고도국방국가 체제의 확립을 목표로 선포하는 신체제하에 조선문학이 선택할 진로에 대한 답변으로 "내선일체와 황국신민화가 최후의 문학적 목표이자 총결산"[16]인 신체제에 순응하는 문학으로 제시하고 있다. 또한 1942년 5월 8일, 부족한 병력의 충원을 위해 식민지 조선의 청년들을 징발하기 위해 징병제를 실시하기로 한 각료회의 결정을 천황폐하의 홍대무변한 성은으로 찬양하고 있다. 나아가 1939년 몽골과 만주의 국경지대인 노몬한에서

14   채만식, 「나의 '꽃과 병정'」, 『채만식전집』10, 창작과 비평사, 1989, 429면.

15   김윤식, 앞의 글, 31면 참조.

16   정창석, 『식민지적 전향』, 소명출판, 2015, 284면.

발생한 일본군과 소련군의 대규모 무력충돌 사건에서 산화한 후 정국신사에 안치된 전주 출신의 지인태 대위 죽음을 제국신민으로서 의무와 자랑을 누리기 시작하게 된 최초의 영광을 차지하게 된 용사로 평가하고도 있다. 이러한 글들을 통해 식민주의 이데올로기와 총동원체제에 협력하거나 천황제 파시즘 체제에 동조하는 채만식의 대일협력은 너무나도 분명하여 그 어떤 논리나 명분으로도 변호의 여지가 없어 보인다.

하지만 이 사실만을 가지고서 채만식의 문학 전체와 채만식 문학의 정체성을 친일문학으로, 그리고 채만식을 친일문인인 것처럼 단선적으로 재단하고 일방적으로 매도하는 것이 아무런 이음매나 봉합의 흔적도 없이 말끔하게 정당성을 확보하는 것은 아니다. 따라서 온당한 일 또한 아니라고 생각한다. 이 세상의 모든 존재들이 그러한 것처럼 과거의 역사적인 사실들이나 개인의 행위들 또한 그 이면을 거느리기 때문이다. 과거의 역사적 사실이나 행위들을 제대로 설명하고 해석해내기 위해서는 그 표층만 스케치하듯 접근해서는 안 되고 그 이면의 복합적인 심층과의 유기적인 연관성까지 섬세하게 들여다보아야 하는 정밀한 작업이 요청되는 것도 그러한 이유에서이다. 이러한 맥락에서 역사학자인 최호근의 다음 진술은 채만식의 친일 문제에 대한 바람직한 접근 태도나 방법과 관련해서도 유효한 지침을 제공한다.

연관관계는 이처럼 단위 간의 관계에 국한되지 않는다. 어떤 개인이 처했던 환경, 그 개인의 생각과 행동에 직접 영향을 주는 사회 관계나 지배적 가치도 중요하다. 그러므로 역사가는 과거를 연구할 때, 특정인이 어떤 중요한 역사적 행동을 했다면, 그 행위에 영향을 준 다양한 연관관계들을 확인하면서 해석의 범위를 확대해나간다. 이를 통해 한편에서는 행위의 동기를 이해하고, 다른 한편에서는 행위의 의미를 해명한다. 이렇게 역사가의 연구는 개체에서 출발하여 부분을 거쳐 전체로 상승하고, 이렇게 해서 얻은 폭넓은 조망 속에서 다시 부분을 거쳐 개체로 하강한다. 중요한 대상일수록 이 상승과 하강의 과정은 더 반복된다. 사료 비판에서 출발한 이 탐색 과정은 해석으로 진전되고, 역사가의 최종적 의미 부여를 통해 끝난다.[17]

해석의 객관성을 확보하기 위해서는 해석 대상이 되는 주체의 행위 자체에만 국한되어서는 안 되고 그 행위에 영향을 준 사회적 관계나 지배적 가치, 행위를 유발한 내면적 동기 등을 파악해야 한다는 것이 인용문의 핵심적 요체이다. 주체의 행위 자체보다는 그 행위를 낳게 한 발생 동인이나 배경을 더 강조하는 이러한 주장은 채만식의 대일 협력 행위에 대한 객관성을 확보하는 문제

---

17   최호근, 『역사문해력 수업』, 푸른역사, 2023, 310-311면.

와 관련해서도 설득력을 지닌다. 따라서 대일 협력 관련 텍스트들만을 대상으로 결론을 이끌어내서는 해석의 객관성을 확보하기는 어렵다. 대일협력의 길로 들어가는 길목에서 채만식이 겪었을 심리적인 갈등이나 내면의 분열 등과 같은 배경이나 동기, 당시의 사회·역사적인 맥락이나 참회의 여부 등 중층결정의 복합적인 변수들을 면밀하게 고려해야만 한다. 더불어 역사논리와 상황논리의 변증접적 긴장관계 또한 유지되어야만 한다. 친일 문제가 여전히 첨예한 쟁점이 될 수밖에 없는 한국사회에서 한 작가를 친일문인으로 규정하고 매도하는 것은 그 작가의 문학적인 성취를 일거에 무화시키는 문제를 넘어 그 작가는 물론 후손들의 평판에 대해서까지도 심대한 영향을 미치는 일이 될 수도 있기 때문이다.

4. 대일 협력의 시대적 배경: 신체제기

채만식의 친일 논의는 2002년 친일문인 42명의 명단 발표와 2008년 『친일인명사전』의 출판에 촉발되어 시작된다. 이 논의를 학문적인 차원에서 본격적인 공론의 장으로 끌어올린 것은 김재용의 「채만식-'멸사봉공'을 통한 근대 초극」이라는 글이다. 김재용의 그 논문은 구체적인 논리를 통해서 채만식의 친일을 논의

채만식의 민족문학

하고 있다는 점에서 주목을 요하는 글[18]이다. 김재용은 이 글에서 "자발성을 띤 경우에만 친일문학이라고 할 수 있고 거기에는 항상 내적 논리가 있다"[19]는 것을 핵심 전제로 내세우면서 채만식의 친일을 논의하고 있다. 이어서 김재용은 "대동아공영권의 전쟁동원과 내선일체의 황국신민화라는 두 가지 입장을 글에 담아내면서 선전한 문학이 바로 친일문학이고, 이런 작품을 쓴 이들이 친일문학가이다"[20]라고 친일문학과 친일작가를 명쾌하게 규정하고 있다. 그러한 규정의 연장선에서 김재용은 친일문학의 범주에 속하는 채만식의 작품으로 「나의 꽃과 병정」을 필두로 자신의 새로운 진로인 신체제에의 희망을 드러내고 있는 「문학과 전체주의」, 그리고 노몬한 전투를 소재로 한 소설 「혈전」, 군국의 아버지상을 형상화한 「추모되는 지인태 대위의 가족」, 「지인태 대위의 유족 방문기」, 「위대한 아버지 감화」, 태평양 전쟁에서의 싱가포르 함락을 소재로 다룬 「군신」, 채만식의 친일 파시즘에의 경사가 한층 내면화되어가고 있는 작품으로 규정하고 있는 『여인전기』 등을 들고 있다. 더불어 김재용은 「민족의 죄인」에 대해서도 자신

18 　김재용의 그 글이 지니는 의미나 문제에 대한 구체적인 논의에 대해서는 공종구, 「채만식 문학의 대일 협력과 반성의 윤리」, 앞의 책, 294-303면 참조.

19 　김재용, 앞의 책, 95면.

20 　위의 책, 59면.

이 친일 파시즘에로 경도되었던 내적 논리에 대한 근본적인 비판이 빠져 있다는 이유를 들어 자못 실망스럽다'[21]는 인색한 평가를 내리고 있다.

채만식의 친일을 설명하는 김재용의 글은 명쾌하다는 장점을 지니고 있다. 하지만 오히려 그 명쾌함 때문에 수반되는 문제점 또한 분명하다. 그 문제점은 크게 두 가지로 요약할 수 있다. 첫 번째는 논의의 초점이 채만식이 발표한 친일 글 및 그 거시적인 배경에 대한 논의에 집중되고 있다는 점이다. 두 번째 문제점으로 지적할 수 있는 것은 결코 원치 않았던 친일의 길로 들어가는 과정이나 배경과 관련해서 채만식이 당시 감당해야만 했던 실존적인 고뇌나 갈등에 관한 논의가 너무 소홀하다는 점이다. 뿐만 아니라 「민족의 죄인」을 통해서 고백하고 있는 참회의 윤리에 대한 평가 또한 지나치다 싶을 정도로 인색하다. 김재용의 지적처럼 채만식은 과연 자발적인 의지와 내적인 논리를 가지고서 친일에 관련된 글들을 발표하였을까? 그리고 「민족의 죄인」에서 절절하게 토로하고 있는 참회의 고백을 그렇게 인색하게 평가하는 게 과연 온당한 것일까? 채만식이 대일 협력의 작품을 발표하는 신체제기(1940-1945) 전후의 작품을 읽어보면 그의 대일 협력은 자발적인 의지나 내적인 논리와는 거리가 있음을 알 수 있다. 5장에서

---

21   위의 책, 95-116면 참조.

채만식의 민족문학

구체적으로 설명하겠지만, 채만식의 대일 협력 행위는 그의 대표 작이자 민족문학의 정점을 형성하고 있는 『탁류』와 『태평천하』 등의 작품을 발표하던 '개화와 난숙기'(1936-1940)와 해방을 기점 으로 다시 민족문학의 길로 복귀하는 '재생과 부활기'(1945-1950) 사이에 이루어진다. 이 시기의 대일 협력 행위는 개화와 난숙기와 재생과 부활기의 두 대륙 사이의 '외딴 섬'이나 '크레바스'의 형국 에 비유할 수 있다. 이 시기의 대일 협력 행위는 채만식이 자신의 작가적 화두로 추구하고 지향하고자 했던 민족문학이 주요 거점 과 진지를 구축하고 있는 전체 작품 지형에서 보면 그 정도로 이 질적이고 단절·단층적이다.

채만식은 일제 식민 지배 권력의 억압이나 폭력에 투쟁으로 맞 서는 혁명가적 열정이나 강단을 소유한 유형은 인물은 못되었다. 하지만 비판적 지성에게 요구되는 역사의식이나 정의감에서만큼 은 누구 못지않게 투철했던 인물이었다. 이러한 성향이나 기질의 채만식이 아무런 심리적 동요나 갈등, 내면의 균열이나 분열없이 곧장 역사와 민족의 기대를 저버리는 친일의 길로 들어가지는 않 았을 것이다. 당연히 채만식의 친일은 극도의 심리적 갈등과 내면 의 분열을 감내해야만 하는 경로와 과정을 거쳐서 이루어진다.

소극적인 선택이기는 하나, 아니 소극적인 선택이었기 때 문에, 게다가 자신의 깔끔하고 예민했던 성격이나 기질을 증명이라도 하듯이, 채만식은 대일 협력의 길로 들어서는 과정이나 그 이후의 반성에 대해서 비교적 소상하게, 그리고 정직하게 자신의 당시 심경이나 소회를 밝히고 있다. 먼저 채만식의 대일 협력과 반성에 이르는 과정은 네 단계로 구분할 수 있다. 첫 번째 단계는 '대일협력의 동요기'(1938-1939)로 이 단계를 대변하는 작품들로는 「소망」(1938), 「패배자의 무덤」(1939)을 들 수 있다. 이 작품들에서 지배적인 서사의 대상으로 초점화되는 모티프는 대일협력의 길로 들어서는 과정에서 채만식이 겪었을 극심한 내면 갈등과 정체성의 혼돈이다. 두 번째 단계는 '대일협력의 예비기'(1939-1940)로 이 단계를 대변하는 작품으로는 「냉동어」(1940)를 들 수 있다. 이 작품은 내선일체의 하위범주인 내선통혼이나 내선연애 모티프를 동원하는 서사 전략을 통하여 텍스트의 무의식 층위에서 대일 협력의 징후를 보여주고 있다. 세 번째 단계는 대일협력기(1940-1944)로 이 단계를 대변하는 글로는 『여인전기』(1944)와 시사 평론 등을 들 수 있다.[22] 이 글들을 통해서 드러나는 대일협력의 메시지는 너무나도 분명하다. 이 시기 발표한 글들은 대일협력 이전 및 해방 이후 발표한

---

22 '대일협력의 동요기' 논의에 대해서는 공종구, 「채만식의 소설에 나타난 친일의 경로와 동기」, 『한국 현대소설의 윤리』, 박문사, 2009, 89-122면 참조, '대일협력의 예비기'와 '대일협력기'의 논의에 대해서는 「채만식의 소설에 나타난 친일과 반성」, 『한국 현대소설의 윤리』, 박문사, 2009, 123-146면 참조.

채만식의 민족문학

작품들과의 단절과 균열이 너무 심하여 안타까움을 넘어 창작 주체의 신원을 의심하게 할 정도이다. 마지막 네 번째 단계는 '대일협력의 반성기'(1944-)로 이 시기를 대변하는 작품은 연구자들의 논의에서 반성과 변명의 왕복운동을 반복하고 있는 「민족의 죄인」(1948)이다.[23]

채만식은 동요기(1938-1939)와 예비기(1939-1940)를 거쳐 1940년부터 대일 협력의 길로 들어서게 된다. 채만식이 친일과 관련된 글들을 발표한 대일 협력기의 시기(1940-1944)는 일본 관동군 사령관 출신의 미나미 지로가 제7대 총독(1936.8-1942.5)에 임명되어 "가장 악랄한 철권통치"를 통해 식민지 조선의 전 영역을 압박하던 때였다. "1937년 5월 일왕의 재가까지 받은 '조선통치 5대 정강'에 잘 나타나 있는 미나미 지로의 통치 정책은 모두 천황제 이데올로기의 주입과 침략전쟁 수행을 위한 수탈 체제의 강화를 위한 것에 불과했다."[24] 이 시기는 또한 1910년대 '토지 수탈', 1920년대 '미곡 수탈', 1930년대 '인력 수탈'의 식민 지배 역사에서 탄압과 수탈이 가장 엄혹하고 혹독했던 기간이기도 했다. 더불어 이 시기는 일제 식민 지배의 역사에서 결정적인 분수령이나 변곡점을 형성하

---

23 공종구, 「채만식 문학의 대일 협력과 반성의 윤리」, 앞의 책, 307-308면 참조.
24 『조선총독 10인』, 가람기획, 1996, 188면.

는 계기로 작용하는 1937년 중일전쟁을 거쳐 1941년 태평양 전쟁으로 전선이 확대되는 과정에서 천황제 파시즘 체제의 광기가 광분하던 총동원 체제를 작동 축으로 하는 '신체제기'였다.

'일제는 본격적인 대륙침략 전쟁인 중일전쟁이 자신들의 예상과는 달리 장기전에 돌입함과 동시에 전선이 확장되는 과정에서 조선을 비롯한 여타 식민지의 적극적인 참여와 협력의 필요성을 절감하게 된다. 또한 일본 국내적으로도 일반 국민들 사이에 확산되고 있던 염전 사상을 억제하고 전쟁의 정당성과 필연성을 안팎으로 천명하여 전반적인 분위기 쇄신을 유도하고 강압적인 사상통제를 시도할 필요 또한 발생한다. 이러한 국내외적인 요구에 부응하기 위해 탄생한 정치체제가 바로 1940년 7월에 들어선 제2차 고노에 내각이 주도한 전면적이고 강력한 파시즘 지배체제인 신체제이다.'[25] 1940년 7월 22일에 출범한 제2차 고노에 내각은 8월 1일 「기본국책요강」을 발표하면서 '신체제(新體制)' 수립이라는 목표를 선포하였다. 이를 통해 제국 일본은 새로운 세계 질서의 출현을 고지하는 한편, 국방국가체제의 완성을 통한 대동아신질서 건설을 선언하였다. 내지 일본을 정점으로 하여 조선, 대만, 만주, 중국 등을 아우르는 정치·경제·사회·문화 블록의 형성, 즉 대동

---

25   한수영, 「이태준과 신체제」, 문학과 사상연구회, 『이태준 문학의 재인식』, 2004, 197-198면 참조.

아공영권 건설이라는 청사진이 제시된 것이다.[26]

　"사회 전반의 총동원 체제의 확립을 정책의 핵심 목표로 설정한 신체제의 성립은 식민지 조선에 대한 통치 정책에도 당연히 영향을 미치게 된다."[27] 본격적인 대륙침략 전쟁인 중일전쟁에 돌입한 다음해인 1938년 '국가총동원법'을 발효한 일제는 식민지 조선을 대륙 침략의 전진기지이자 병참기기로 영토화하기 시작한다. 중일전쟁의 전선이 확장되어 1941년 태평양 전쟁으로 돌입하는 과정에서 일제는 식민지 조선의 모든 인적·물적 자원을 철저하게 전쟁 수행을 위한 동원과 수탈의 수단이나 도구로 대상화한다. 구체적으로 일제는 식민지 조선의 인적·물적 자원의 수탈과 동원을 용이하게 하기 위해 각종 동원령, 지원병제, 징병제, 학병, 징용, 강제연행, 창씨개명, 국어상용 등 전쟁 수행을 위한 내선일체와 황국신민화 운동을 강제·강요한다. 그 결과 식민지 조선의 전 영역은 미시적 일상의 수준에서까지 동일성의 감옥을 작동원리로 수행되는 총동원체제에 편입·포획된다. 한마디로 식민지 조선에서의 신체제는 "한국인에 대한 '황국신민화'와 '내선일체'의 고차적인 강행이며, 일본 제국주의 전쟁 수행을 위한 총동원체제의 완비였던 것이다."[28]

26　문경연 외 역, 『좌담회로 읽는 『국민문학』』, 소명출판, 2010, 8면.

27　정창석, 앞의 책, 18면.

28　위의 책, 20면.

한편 신체제기의 식민지 조선은 구성원들로 하여금 감시와 통제의 시선을 내면화하게 하는 판옵티콘 사회였다. '총독부는 국책협력과 '성전수행'이란 이름으로 한국인들을 일사불란하게 통제하기 위해 1938년 7월에 기존의 각종 관변기구와 민간단체를 망라해서 전시통제기구인 국민정신총동원조선연맹'[29]을 조직한다. 그 이후 태평양 전쟁으로 전선이 확장되면서 일제는 그 기구를 고도국방 체제의 완성과 동아 신질서의 건설에 매진할 것을 목적으로 하는 신체제 확립을 위한 의도와 목적을 가지고서 국민총력조선연맹(1940)[30]으로 확대·개편한다. 일본의 대정익찬회 조직과 체계를 모방한 국민총력연맹에서는 말단조직인 애국반을 활용하여 식민지 조선 주민들의 일거수 일투족을 미시적 일상의 수준에서까지 촘촘하게 감시하고 통제하는 시선을 구축해나간다. 그 과정에서 식민지 조선의 주민들은 감시와 통제의 시선을 내면화하면서 자연스럽게 '순종하는 신체'[31]로 주조되어 위축될 수밖에 없게 된다.

---

[29] 박도 엮음, 『일제강점기』, 눈빛, 2011, 540면.

[30] 국민정신총동원운동 및 국민총력운동의 전시동원체제 수립의 전체상과 구체적인 내용에 대해서는 최유리, 『일제 말기 식민지 지배정책 연구』, 국학자료원, 1997, 65-177면 참조.

[31] 일망 감시시설인 판옵티콘 체제 구축을 통해 감시와 통제 대상을 순종하는 신체로 주조하는 과정의 구체적인 내용에 대해서는 미셸 푸코, 오생근 역, 『감시와 처벌: 감옥의 역사』, 나남출판, 2000, 203-329면 참조.

채만식의 민족문학

또한 1941년 12월 7일 아침 하와이 진주만에 정박하고 있던 미 7함대를 기습 공격하여 발발한 태평양 전쟁 이후부터 일제는 '귀축미영'(鬼畜米英)'의 구호를 선전·선동하는 각종 포스터[32]와 가두방송으로 연일 식민지 조선의 전역을 들끓게 한다. 그로 인해 한반도 전역은 전후방 구분 없이 전장을 방불케 하는 상황으로 변모한다. 문학판이라고 온전할 리 만무했다. 아쉬운 대로나마 조선문학의 명맥을 간신히 보전해나가던 『문장』과 『인문평론』은 1941년 4월 "잡지 통제를 통한 조선문단의 혁신"[33]을 명분으로 내세운 조선 총독부 경무국의 주도로 강제 폐간의 비운을 맞이하게 된다. 그 빈자리를 "조선인에게 일본 국민으로서의 정체성과 사명감을 함양하기 위해 고안된 '국민문학'"[34]에게만 지면을 할애했던 최재서 주간의 『국민문학』이 메우게 된다. 문인단체 또한 1939년 이광수를 주축으로 한 문인들 중심으로 결성한 '조선문인협회'는 1943년 시국 색채가 노골적으로 드러나는 명칭의 '조선문인보국회'로 대체된다.

지금까지 설명한 바와 같이, 1940년 7월에 출범한 제2차 고노

---

32 포스터를 통한 신체제기 일제의 선전·선동의 구체적인 내용에 대해서는 최규진, 『포스터로 본 일제강점기 전체사: 일본식민주의 미학과 프로파간다』, 서해문집, 2023, 403-487면 참조.

33 문경연 외 역, 앞의 책, 9면.

34 위의 책, 10면.

에 내각의 선포 이후 신체제라는 용어는 식민지 조선의 모든 영역에서 상징계의 대타자로 군림하는 블랙홀로 기능한다. 출범과 동시에 발표한 기본국책요강에서 신체제의 목표로 선포한 고도 국방체제나 동아신질설와 같은 구호들은 클리세로 기능하면서 출판신체제, 음악신체제 등의 용어들이 우후죽순의 양상으로 족출한다. 이러한 과정이 반복되면서 신체제라는 용어는 담론 차원에서 모든 것을 의미하면서 실상은 아무 것도 의미하지 못하는 '텅 빈 기표'의 지위를 부여받는다. 하지만 현실적인 담론 공동체의 자장 내에서 신체제라는 용어는 문화와 예술 분야를 망라한 모든 영역과 부문에서 무소불위의 권력을 행사하면서 묻지도 말고 따지지도 말고 무조건 따라야만 하는 압박으로 작용한다. 그 결과 기존의 검열을 비롯한 감시와 통제의 시선은 더욱 강화된다. 다음의 글은 당시 그러한 상황을 선명하게 증거하고 있어 주목할 만하다.

1938년은 국가총동원법이 제정되고 출판신체제가 대두되면서 문예가 프로파간다의 수단으로 전용돼가던 시기였다 …… 요컨대 1935년 이전이 유통해도 되는 것과 그렇지 않은 것을 검열이라는 검역 시스템을 가동해 선별해냈던 방식이었다고 한다면, 1935년 이후는 작가가 무엇을 써야 하는지를 국가가 나서서 가이드라인을 제시해 갔던 시기였다. 물론 이는 중일전쟁 이후에 본격화된 것으로 1941년 12월

'태평양전쟁'에 이르면 작가의 신변을 위협할 정도에 이른다. 정도의 차이는 있지만 이러한 문예통제 정책은 식민지 조선에 더욱 강도 높게 적용되었다. 특히 중일전쟁에 승리하기 위해 일제가 국가총동원법을 제정한 이후, 그 여파는 식민지 조선에서 내선일체를 근간으로 하는 일본어 전용론과 창씨개명 등으로 나타나게 된다.[35]

그런데 흥미롭게도 『여인전기』 연재 당시 채만식이 실제로 겪었던 곤욕을 고백하는 다음 진술은 신체제라는 용어가 무소불위의 담론 권력을 행사하면서 '작가의 신변을 위협할 정도로' 문화·예술인들의 창작의 자유를 위축시키고 상상력의 고갈을 강제했던 태평양 전쟁을 전후한 시기의 검열 상황을 생생한 경험으로 전달하고 있어서 주목하지 않을 수 없다.

다시 그해 가을에는 강원도 김화(金化)로 전년의 황해도 적과 비슷한 강연을 갔다.
이보다 조금 앞서 매일신보에다 연재소설을 쓰기 시작한 것이 있었다.

---

35 곽형덕, 「1940, 식민지 조선문학의 행방을 둘러싸고: 임화와 김사량의 문학관을 중심으로」, 임화문학연구회 편, 『임화문학 연구』5, 소명출판, 2016, 158-159면.

검열이, 신문사의 편집자를 시켜 작자에게 다짐을 요구하였다. 반드시 시국적인 소설이어야 할 것과, 소설의 경개를 미리 제출할 것과, 그 경개대로 충실히 써나갈 것 등속의 다짐이었다.

유일한 생화(生貨)가 그때나 지금이나 매문(賣文)이요, 매문을 아니하고는 2합 2작의 배급쌀조차 팔 길이 없는 철빈……요구대로 다짐을 두고 쓰기를 시작하였다.

쓰면서 가끔 배신을 하다가, 두어 차례나 불려 들어가 검열관-퇴직 순검한테 꾸지람도 듣고, 문학 강의도 듣고 하였다. 잘하나 못하나 이십 년 소설을 썼다는 자가 늙마에 와서 순검한테 문학 강의의 일석을 듣고……

그러나 일변 생각하면 받아 싼 욕이었다.(「민족의 죄인」, 『레이메이드 인생』, 134-135면)[36]

채만식의 대일 협력과 관련해서 『여인전기』는 항상 그 중심에 위치하는 소설 텍스트이다. 이 진술은 채만식의 대일 협력을 거론할 때 연구자들로부터 가장 많이 소환당하는 불명예를 곱다시 감당해야만 하는 텍스트가 바로 이 작품이라는 말이다. 과연 그러한가? 보다 구체적으로 그 텍스트는 당시 대일협력과 관련된 채

---

36 앞으로 본문에서의 작품 인용은 이와 같은 방식으로 통일하고자 한다.
    인용 텍스트는 『레디메이드 인생』, 문학과 지성사, 2008.

채만식의 민족문학

만식의 내면과 무의식을 아무런 봉합의 흔적조차도 없이 그야말로 말끔하게 그리고 또 핍진하게 반영할 정도로 투명한 것인가? 달리 말해 채만식은 그 텍스트를 통해 자신의 분명한 대일 협력 의지를 드러내고 있는 것일까? 그 연장선에서 "『여인전기』에 이르면 채만식의 친일 파시즘에의 경사가 한층 내면화되어 가고 있으며 또한 현재의 관점에서 과거의 역사를 통일적으로 바라보기 시작함으로써 자기완결적 성격을 갖추어 나가고 있음을 알 수 있다"[37]는 김재용의 지적이 과연 온당하고 타당한 것일까? 작품을 꼼꼼하게 읽어나가다 보면 반드시 그렇지만은 않다는 사실을 어렵지 않게 확인할 수 있다.

우선 무엇보다 이 작품의 서사 표면이 깔밋하거나 매끄럽지가 않다는 점을 그 근거로 들 수 있다. 이 작품을 꼼꼼하게 읽어나가다 보면 중간 중간 그리고 군데군데 울퉁불퉁 요철이나 굴곡이 드러나는 곳이 적지 않다. 구체적으로 『여인전기』에서 그러한 텍스트의 요철이나 굴곡의 증상은 이 작품의 서사를 구성하는 세 층위의 서사 -'진주의 결혼 수난사 서사', '군국의 어머니 표상 서사', '203고지 탈환 서사'-의 자연스럽지 않은 연결에서 가장 분명하게 드러난다. 이 세 층위의 서사 가운데 이 작품의 핵심 서사로 기능하는 것은 '진주의 결혼 수난사' 서사이다. 시어머니인 박씨

---

37   김재용, 앞의 책, 111면.

부인의 히스테리로 인한 혹독한 시집살이에도 남편 준호에 대한 지극정성과 애정으로 버티다가 결국엔 친정으로 쫓겨나는 내용을 핵심 질료로 하는 그 서사는 양적인 측면에서도 압도적인 비중을 차지하고 있을 뿐만 아니라 진주가 서사를 추동해가는 중심인물로 기능하고 있기 때문이다. 그 서사를 중심으로 좌우 양쪽에 행랑채의 곁방살이 형국으로 '군국의 어머니 표상 서사'와 '203고지 탈환 서사'가 포진하고 있는 게 이 작품의 서사 양상이다.

구체적으로 전선에 나가 있는 아들 철이에 대한 그리움을 나약한 사적인 감정으로 자책하고 반성하는 진주의 모습을 통해 총동원체제하의 전쟁 수행 과정에서 요구되는 바람직한 어머니상이자 "태평양 전쟁을 계기로 총력전 체제에 돌입한 이후 식민지 조선의 모든 부분을 병영사회로 영토화하는 과정에서 제기된 총후부인 담론의 연장"[38]인 '군국의 어머니 표상 서사'가 포진하고 있고, 다른 한쪽에는 러일전쟁의 승패를 좌우할 정도의 결정적인 의미를 지닌 여순의 203 고지 공방전에서 절대적인 병력의 열세를 초인적인 용기로 극복하다가 장렬하게 산화하는 진주의 아버지 임경식 중위와 일본인 여성 사이에서 출생한 진주의 이복동생인 임무일을 통해 내선일체의 황민화 정책을 반영하고자 한 '203고지 탈환 서사'가 포진하고 있다.

---

38 공종구, 「채만식의 소설에 나타난 친일과 반성」, 앞의 책, 136면.

그런데 이 세 서사는 유기적인 관련성이 자연스럽지 못한 채 외딴 섬처럼 고립·분산되어 있다. 따라서 억지로 끼워넣은 듯한 틈새와 균열, 굴곡이나 요철이 발생하는 것은 너무나도 당연하다. 게다가 서사의 양적인 측면에서도 세 서사는 비교라는 말 자체가 무색할 정도로 비대칭과 불균형의 정도가 심하다. '군국의 어머니상 표상 서사'와 '203고지 탈환 서사'는 한마디로 진주의 결혼 수난사 서사의 부록 이상의 의미를 지니지 못할 정도로 심하다. 특히, 군국의 어머니상 표상 서사는 부록의 지위 자체가 민망할 만큼 서사의 존재감은 거의 제로에 가까울 정도로 미미하다.

이 작품의 서사 양상이 이러한 데는 다 그럴 만한 이유가 있다. 그러한 굴곡이나 요철은 일제 식민 지배 권력의 창작 지침이 강요하는 억압과 그것을 그대로 수용하지 않으려는, 아니 수용할 수 없는 채만식의 반발이나 저항 의지와의 충돌로 인해 발생하는 서사의 균열과 지각변동의 증상[39]이라고 할 수 있다. 일제 강점기 도서 검열을 담당했던 검열 기구나 부서가 치안을 담당했던 "헌병경찰이었던 경무총감부 고등경찰과(1910-1919)시기, 경무국 고등경찰과(1919-1925)시기, 경무국 도서과(1926-1943)시기"[40]의 변화

---

[39]   이에 대한 구체적인 분석 작업은 별도의 작품론 작성을 통해서 논의하고자 한다

[40]   정근식, 「일제하 검열기구와 검열관의 변동」, 검열연구회, 『식민지, 검열: 제도·텍스트·실천』, 소명출판, 2011, 18면.

를 거쳤던 데서 알 수 있는 바와 같이, "지역과 민족 간의 문화적이고 역사적인 비균질성을 지배와 차별의 근거로 설정화해야만 유지되는 '제국'에게 검열은 선택의 대상이 아니라 없어서는 안 될 필수적인 통치기술"[41]이었다. 특히, "제국주의 권력의 사상관리에 대한 보다 총체적인 이해에 바탕"[42]하여 이루어진 신체제기의 검열 수준은 그 이전과는 차원 자체가 다를 정도로 엄혹했다. 구체적으로 출판물에 대한 이 시기의 통제와 검열 수준은 "미리 편집 지침을 제공하고 각종 좌담회를 통해 총력전 시대 문학이 어떠해야 함을 사전에 통지하는 적극적(positive)인 검열방식"[43]이었다. 그 이전에는 써서는 안 되는 내용을 제시하는 소극적인 방식의 검열이었다면 신체제기에는 써야만 되는 내용을 하달·강제하는 적극적인 방식이었다.

구체적으로 이 시기의 검열은 폭력적인 창작 지침의 하달과 함께 그것의 무조건적인 준수를 강제한 후 위반할 경우 제재나 처벌을 가하는 방식으로 수행되었다. 이 정도로 엄혹한 검열 상황에서 신체제의 국책이나 시국을 찬양하거나 아니면 적어도 그

---

41 정근식 외 엮음, 『검열의 제국』, 푸른역사, 2016, 5면.

42 김재영, 「회고를 통해 보는 총력전 시기 일제의 사상 관리」, 동국대학교 문화학술원 한국문학연구소 편, 『식민지시기 검열과 한국문화』, 동국대학교 출판부, 2010, 64면.

43 김인수, 「총력전기 일본어 글쓰기의 사상공간과 언어검열」, 공제욱·정근식 편, 『식민지의 일상, 지배와 균열』, 문화과학사, 2006, 530-531면.

채만식의 민족문학

것에 동조하는 글쓰기 외에는 활자화의 은전을 누리는 것 자체가 불가능했다. 『여인전기』를 연재하던 도중 창작 지침을 어긴 후 검열관에게 소환당해 곤욕을 치러야 했던 채만식의 진술은 엄혹했던 당시의 검열 상황을 생생하게 예증하고 있다.

따라서 이 작품에서 산견되는 텍스트 표면의 요철과 굴곡은 "텍스트의 어떤 부분이 지나치게 강조되거나 갑자기 생략되어 침묵할 때, 논리의 공백이나 틈이 생길 때, 작품 속에 동기화되어 있지 않은 병리적 현상이 드러날 때, 앞뒤가 맞지 않는 모순점이나 애매모호성이 발견될 때, 혹은 텍스트가 이해할 수 없이 경련하거나 광기를 띨 때 발생하는 텍스트의 무의식"[44]이다. 또한 '검열과 타협의 경로를 통과하는 과정에서 무의식의 원래 모습이 크게 변형된 상태로 의식계에 나타나는 텍스트의 증상이라고 할 수 있다. 이와 같이 무의식의 기호적 현현은 의식과 무의식, 혹은 억압된 것과 억압하려는 것 사이의 타협의 산물이자 상반되는 목적들이 의미화를 위해 싸우는 충돌과 전쟁의 소산'[45]이다.

이러한 맥락에서 『여인전기』를 친일 텍스트로 재단하는 해석이나 평가는 신체제기 식민 지배 권력의 엄혹한 검열의 압박과 그것에 저항하고자 했던 채만식의 저항의지 사이의 보이지 않는

---

44   박찬부, 『기호, 주체, 욕망』, 창비, 2007, 9면.

45   위의 책, 238-239면 참조.

치열한 충돌과 전쟁의 드라마를 섬세하게 들여다보지 못한 문제로부터 자유롭지가 않다. 그런 점에서 그러한 해석이나 평가들이 "죽음과 생존(혹은 '연명')의 유령적 논리에 따라 표시되는, 흔적과 잔여의 효과"[46]인 텍스트에 대한 완벽한 자족적 해석이나 평가인가에 대해서는 논의의 여지가 적지 않아 보인다. "현재하지 않는 잉여 논리의 지배를 받는 흔적들의 직조물"[47]이자 "그것이 수행하는 진술들로 인해 필연적으로 그 수행을 초과하고 때로는 전복하는, 그러나 결코 완전히 통제할 수는 없는, 의미화의 네트워크에 휘말리게 되는 텍스트"[48]에 대한 최종적인 해석은 항상 열려 있고 항상 불충분하기 때문이다.

아무튼 채만식의 대일 협력 행위는 지금까지 설명한 바와 같이 총동원 체제를 기축으로 해서 작동하던 신체제기의 억압적인 사회·역사적 조건을 배경으로 이루어진다. 일제 말기 사회주의자들의 전향의 맥락에서 채만식의 대일 협력이 이루어지던 신체제기는 "전향자의 비율이 크게 증가했을 뿐만 아니라, 전향의 동기 역시 이전 시기와 달리 정치적·사회적 성격을 보이기 시작"[49]하

---

46 니콜러스 로일, 오문석 옮김, 『자크 데리다의 유령들』, 앨피, 2013, 147면.

47 위의 책, 155면.

48 테리 이글턴·매슈 버몬트, 문강형준 옮김, 『비평가의 임무』, 민음사, 2015, 228면.

49 홍종욱, 「중일전쟁기(1937-1941) 사회주의자들의 전향과 그 논리」, 서울대

면서 "이전까지의 '동요모색'의 시기와 분명히 구분되는 '대량 전향'의 시대"[50]가 열리는 중일전쟁의 전향 추세가 가속화되는 시기였다. 한마디로 신체제기는 "민족 말살의 위기가 고조되면서 한국인의 '식민지적 전향'이 속출"[51]했던 비극적인 시기였다.

채만식의 대일 협력은 지금까지 설명한바 일제 말 신체제기를 시대적 배경으로 이루어졌다. 주지하는 바와 같이 신체제기는 식민지 조선의 모든 영역과 분야에서 전쟁 수행을 위한 시국 협력을 강제·강요하는 압박과 압력이 주체의 자유의지의 존재감을 거의 영도화하는 수준까지 육박하는 야만의 시기였다. 이 시기에 많은 식민지 조선의 지식인들은 역사와 민족의 대의를 지키지 못한 채 하나둘 대일 협력의 길로 들어서게 된다. 신체제기의 그러한 사회·역사적 배경이나 맥락은 당시 식민지 조선 지식인들의 친일 일반에 거의 모두 다 해당되는 조건으로 작용한다. 따라서 채만식의 친일을 일방적으로 매도하거나 비난해서는 안 되는, 따라서 변호할 만한 특별한 의미를 지니지는 못한다.

그러나 채만식의 대일 협력 행위는 이러한 시대적 분위기 이외에 결혼 이후부터 급속하게 급전직하의 양상으로 진행되던 가계의 몰락으로 인한 극도의 빈궁, 30대 이후부터 급속하게 진행

학교 석사학위논문, 2002.2, 24면.
50   위의 글, 22면.
51   정창석, 앞의 책, 20면.

된 고통스러운 병고가 중첩되는 악전고투의 실존적인 정황이 가세하면서 이루어진다. 게다가 「민족의 죄인」을 통한 절절한 참회의 고백, 친일의 주요한 기준으로 제시할 수 있는 주도성과 자발성과 관련된 채만식의 개인적인 기질이나 성향 등 여러 가지 요인들을 살펴보면 채만식의 대일 협력 행위는 일방적으로 매도하거나 비난 또는 단죄해서는 안 될 정도의, 따라서 변호할 만한 근거를 충분히 지니고 있다.

5. 채만식의 대일 협력에 대한 변호

채만식의 대일 협력 행위를 변호할 만한 요인으로 가장 먼저 들 수 있는 것은 프레임의 편향과 왜곡이다. 이를 설명하기 위해서는 먼저 채만식의 문학 지형이나 작가의식의 형성·변화 과정을 살펴보는 작업이 선행되어야 할 것으로 보인다. 채만식의 문학지형이나 작가의식의 형성·변화는 크게 4단계 -파종과 발아기(1924-1936), 개화와 난숙기(1936-1940), 쇠퇴와 침체기(1940-1945), 재생과 부활기(1945-1950)-의 과정을 거쳐서 이루어진다.

5.1 대일 협력 프레임의 편향과 왜곡: 문학 지형과 작가의식

채만식이 대일 협력의 글을 발표하는 시기는 일제 말기 신체제기(1940-1944)이다. 그런데 채만식이 작품 활동을 시작한 시기는 1924년에서부터 1950년까지이다. 따라서 4년 동안의 특정한 시기에 이루어진 작품들을 가지고 일반화하여 채만식의 문학 전체나 본질을 친일문학으로 매도하거나 비난 또는 단죄하는 것은 온당한 일이 아니다. 채만식의 대일 협력에 대한 해석이나 평가는 그의 문학의 전체 지형이나 작가의식의 방향성 등에 대한 총체적인 조망을 통해 이루어져야 하기 때문이다. 다시 말해 대일협력의 사실 관계에 부합하는 프레임의 설정을 통해서 이루어져야만 한다.

이러한 맥락에서 채만식의 문학 전체나 본질을 친일문학으로, 그리고 채만식의 작가적 정체성을 친일문인으로 규정하고 재단하는 것은 프레임의 편향과 왜곡으로부터 자유롭지 않다는 점에서 문제가 아닐 수 없다. 더욱이 채만식의 대일 협력 행위는 단순히 그 시기만의 문제가 아니라 등단 이후 채만식이 일관되게 보여준 바 있는 작품의 지향 및 작가의식의 방향성 등을 고려할 때 더더욱 그러하다. 이를 위해 채만식 문학의 전체 지형이나 작가의식의 형성과 변화 과정을 네 단계로 구분하여 살펴보도록 하자.

5.1.1 파종과 발아기(1924-1936)

이 시기는 채만식이 급격한 가계의 몰락과 동시에 오비이락, 1923년 9월 1일 발생한 관동대진재가 중첩되어 동경 유학 생활을 계속하지 못하고 고향에서 지내다가 강화도의 교원 생활을 거쳐 동아일보 정치부 기자와 개벽사의 잡지 편집자로 활동하면서 창작을 병행하던 기간이다. 작가 연보에 드러난 바와 같이 채만식은 1924년 「세 길로」라는 단편으로 등단은 했지만 신문사 기자와 잡지사의 편집자 역할에 몰두하느라 창작에는 전념하지 못했다. 창작은 부수적인 활동 이상의 의미를 지니지 못했던 것으로 보인다. 호구지책으로 인해 창작에 전념하지 못하고 신문사와 잡지사를 전전하던 이 시기에 대해 채만식은 "참말이지 허망한 노릇이다……미상불 나는 10년의 세월을 마음 헤픈 사람이 돈을 낭비하듯이 헤프게 보내버린 잃어버린 10년"[52]으로 규정하고 있다.

단편과 단막극이 주류를 이루는 이 시기의 작품들은 서사의 밀도나 완성도에서 느슨한 초기작의 한계나 문제들로부터 자유롭지 않다. 하지만 이 시기에 발표된 많은 작품들은 주로 일제의 식민 수탈로 인한 농민들의 몰락과 해체 그리고 그 이후 도시 노동자나 빈민으로의 전락 등 식민지 조선의 농민들과 노동자들의 비참한 현실에서 소재를 취택하고 있는 것으로 보아 식민지 조선의 현실과 민족의 전망을 모색하고 천착하는 작업을 작가적 화두로 삼았던 비판적 리얼리스트이자 민족문학 작가로서의 채만식의 작가적 정체성은 이미 이때부터 발효되고 있었던 것으로 보인다. 이 시기에 채만식은 이갑기와 동반자 논쟁을 벌이면서 공방을 주고받기도 했다.

---

52   채만식, 「잃어버린 10년」, 『채만식전집』9, 1989, 507면.

구체적으로 이 시기에 발표한 작품들 가운데 주목할 만한 작품들로는 지겟꾼 품팔이꾼으로 전락한 병문이의 인생 유전을 통해 농촌의 몰락으로 인한 농민들의 비참한 실정을 다루고 있는 「농민의 회계보고」(1932), 신작로 개통과 화물 자동차의 도입으로 인한 구르마 노동자들의 몰락과 비애를 다루고 있는 「화물 자동차」(1931), 유곽의 매춘부로 전락한 직녀의 인생유전을 통해 농민의 비애를 다루고 있는 「팔려간 몸」(1933), 농민들의 궁핍한 생활을 소재로 동원하고 있는 「미가 대폭락」(1931), 소작권을 둘러싼 지주와 마름의 횡포를 통해 소작인의 비참한 정경을 소재로 소환하고 있는 「감독의 아내」(1932), 동맹파업에 참여한 아내와 그 공장의 노동 감독인 남편과의 갈등을 통해 노동현실을 소재로 다루고 있는 「조그마한 기업가」(1931), 비참한 농민들의 생존조건을 소재로 다루고 있는 「부촌」(1932) 등을 들 수 있다.

5.1.2 개화와 난숙기(1936-1940)

이 시기는 "노둔한 머리와 병약한 오척단구를 통째로 내맡겨 성패간에 한바탕 문학이란 자와 단판씨름을 하리라는 비장(?)한 결심을 한 것이 병자년 벽두, 마침 조선일보를 물러나오던 기회다"[53]라는 진술에서 확인할 수 있는 바와 같이, 조선일보를 퇴사

---

53   채만식, 「자작안내」, 『채만식전집』 9, 창작과 비평사, 1989, 516면.

하던 1936년, 전업작가의 길을 선언하고서 당시 금광업에 종사하고 있던 가형들이 거주하던 개성으로 삶의 거처를 옮긴 이후 창작에 전념하는 때이다. 이때부터 약 5년 간의 기간 동안 채만식은 오늘날 식민지 조선의 문학 지형에서 또렷한 봉우리를 차지할 정도로 문학적인 개성과 성취로 순도 높게 빛나는, 자신을 영주로하는 문학적 성채를 구축한다.

구체적으로 이 시기에 채만식은 자신의 문학적 정체성을 대변하는 작품으로 평가받는 『탁류』와 『태평천하』를 비롯하여 「레디메이드 인생」, 「치숙」, 「명일」 등 개별 작품 하나만으로도 식민지 조선의 정전 작가의 반열에 올려놓아도 손색이 없을 정도의 빼어난 작품을 산출한다. 이들 작품들은 채만식 문학의 지형에서는 말할 것도 없고 식민지 조선의 전체 문학지형에서도 돌올한 작품으로 평가받을 정도로 비판적 리얼리즘의 정점을 보여주고 있는 텍스트들이다.

이들 작품들을 통해 채만식은 자신의 문학적 정체성을 떠받치는 두 기둥인, 일제 수탈을 작동 축으로 하는 식민지 근대와 아버지 중심의 전제적 권력에 기초한 전통적인 가부장적 질서에 대한 비판과 대결의지를 반영하고 있다. 더불어 그는 「레디메이드 인생」이나 「명일」 등의 작품을 통해서는 비록 그 작품들이 실직 인텔리를 양산할 수밖에 없었던 당시 일제의 노골적인 민족 차별 교육 정책의 맥락에 대한 구조적인 탐색과 천착은 미흡하지만 채만식 특유의 냉소와 야유를 동원하여 실직 지식인의 비애를 생동감 있게 묘사하고 있다. 또한 『태평천하』의 윤직원 영감과 「치숙」의 서술자 '나'에 대한 통렬한 야유와 조롱을 통해 민족의 운명이나 안위는 오불관언, 오직 출세와 영달을 위해서라면 식민 지배 권력에 적극 영합하는 것쯤은 아무렇지도 않게 생각하는 파렴치하고 반민족적인 식민지 매판 부르조아들의 탐욕과 몰역사성을 신랄하게 비판하고 있다. 특히 두 작품에서 선연하게 도두보이는, 타락한 교환가치가 지배하는 전도된 현실에 대한 가차없는 냉소와 독설의 융단포격을 통한 풍자와 야유는 채만식의 득의의 영역으로 식민지 조선의 문학 지형에서 독보적인 위상을 차지하고 있다.

5.1.3 쇠퇴와 침체기(1940-1945)

이 시기는 채만식을 온전하게 평가하고 기억하는 작업에 결정적인 장애의 빌미가 되는 대일 협력의 글들을 발표하는 때이다. 채만식은 극심한 가난과 고통스러운 병고가 중첩·지속되는 악전고투의 상황에서 설상가상, 개성독서회 사건이 겹치면서 현실적인 타협을 통해 대일 협력의 길로 들어서게 된다. 이 시기에 채만식은 「나와 '꽃과 병정'」(1940)을 필두로 1945년 4월 "시골로 가서 있으면 한 가락의 호미가 보리밥의 반량이나마 채워주어, 창녀 못지않은 그 매문질은 아니할 수가 있을 것"[54]이라는 판단과 "오

---

[54] 채만식, 「민족의 죄인」, 『레디메이드 인생』, 문학과 지성사, 2008, 135면.

직 그 대일 협력이라는 사실에서 풍겨나오는 악취 그것이 못견디
게 불쾌하였고, 목전에 그것을 면하고 싶은 지극히 당면적인 간
단한 욕망"[55]에서 고향 임피로 소개해 내려갈 때까지 일제 식민주
의 이데올로기와 군국주의, 그리고 천황제 파시즘 체제에 순응·
동조하는 시사평론 및 정치 칼럼과 『여인전기』를 비롯한 「냉동
어」, 「혈전」 등의 소설을 발표한다. 특히, 「문학과 전체주의」(『삼
천리』, 1941.1), 「시대를 배경하는 문학」(『매일신보』, 1941.1.5,10,13-15),
「대륙경륜의 장도, 그 세계사적 의의」(『매일신보』, 1940.11.22,23) 「자
유주의를 청소」(『삼천리』, 1941.1), 「위대한 아버지 감화」(『매일신보』,
1943.1.18), 「추모되는 지인태 대위의 자폭」(『춘추』, 1943.1), 「홍대하
옵신 성은」(『매일신보』, 1943.8.3) 등과 같은 글을 통해 드러나는 대
일 협력의 양상은 시사 칼럼이라는 글의 성격이 작용한 탓도 있
겠지만 글의 내용 자체만을 가지고 판단할 때 너무나도 분명하여
변명의 여지가 없어 보인다.

5.1.4 재생과 부활기(1945-1950)

해방공간은 정치의 논리가 모든 부분의 결정변수로 군림하던
시기였다. 이념적 지향이나 정치 노선을 달리 하는 각 정파 간의
대립이나 갈등이 극단으로 치닫는 현실에 편승하여 이 시기에는

---

55 위의 글, 136면.

사회·정치적 혼란과 무질서가 독버섯처럼 창궐한다. 문학 또한 이러한 현실로부터 자유로울 수 없었다. 해방 직후 상경하여 환멸의 비애만을 경험한 후 이듬해 낙향한 채만식에게 이러한 현실은 더할나위 없이 좋은 창작의 동기와 의욕을 자극한다. 하여, 해방 공간에서의 사회정치적 혼란에 편승하여 오직 사리사욕을 추구하는 일에만 급급하고 발밭는 부라퀴나 애바리들이 발호하는 속악한 현실을 탐색하고 천착하는 채만식의, 풍자를 무기로 한 역사의식의 날은 아주 예리하게 벼리어 있다. 더불어 개인의 출세나 영달을 위해 시세의 흐름에 약삭빠르게 편승하는 영악한 속물들이 득세하는 부조리한 현실을 풍자하는 채만식 특유의 야유나 냉소의 기운 또한 여전히 조금도 퇴색하지 않고, 아니 오히려 더 신랄하면서도 통렬한 기운을 발산하고 있다.

"역사가 정녕 아직도 「치숙」의 시간에서 벗어나지 못하였습이니라"[56]는 절망적인 탄식이나 "조선의 해방은 아무래도 행운이요 감이 저절로 입에 떨어진 격이었다"[57]라는 냉철한 역사의식이 압축하고 있는 바와 같이 채만식이 보기에 일제 식민 지배의 질곡과 굴레로부터 해방되었음에도 불구하고 세상은 여전히 영악한 속물들의 비루한 욕망과 천박한 현실인식이 지배하고 있었다.

---

56   채만식, 『잘난 사람들』, 후기.

57   채만식, 「글루미이맨시페이션」, 『예술통신』, 1946, 11.6, 문학과 사상연구회, 『채만식 문학의 재인식』, 소명출판, 1999, 251면에서 재인용.

자신의 기대나 희망과는 달리 부조리한 현실이 지배하는 해방공간에 대해 채만식은 자신의 문학적 정체성의 담론 표지로 기능하는 냉소와 야유를 기조로 하는 풍자의 정신을 통해 치열한 대결의지를 실천하고자 했다. 「맹순사」(1946), 「역로」(1946), 「미스터 방」(1946), 「논 이야기」(1946), 「도야지」(1948), 「낙조」(1948) 등 이 시기에 발표된 빼어난 문학적 성취들은 그러한 정치·사회적 현실을 배경으로 공유하고 있는 작품들이다.

구체적으로 해방 이전 간수의 신분으로 재직하면서 면식이 있었던 살인강도 강봉세를 해방 이후 동료 경찰의 신분으로 조우하는 '맹순사'의 딱한 처지를 통해 해방 공간에서의 사회 혼란상을 탐문하고 있는 「맹순사」, 가족주의적 욕망의 폐쇄회로에 갇힌 황주 아주머니를 초점인물로 해서 대한민국 정부 수립 이후의 민족적 전망을 모색하는 「낙조」[58], 해방 이전 미천한 신분의 '방삼복'에서 해방을 맞이하여 우연한 기회에 짧은 엉터리 영어 회화를 통해 확보한 미군 장교의 권력을 배경으로 호가호위, 온갖 이권 개입과 인사 청탁을 통해 얻은 권세와 호사를 과시하는 브로커 '미스터 방'으로 발호하다가 사소한 실수로 인해 하루아침에 예전 신분으로 전락하는 미스터 방을 풍자하는 냉소와 야유를 통해 해방공간의 사회적 혼란과 무질서한 상황에 대한 비판적인 문제

58　이에 대한 구체적인 논의에 대해서는 한형구, 「채만식 문학의 풍자성, 아니 비극성」, 『레디메이드 인생』, 문학과 지성사, 2008, 367-369면 참조.

의식을 반영하고 있는 「미스터 방」, 온갖 부정한 방법을 총동원한 국회의원 선거에서 뜻을 이루지 못하는 아버지 '문영환의 낙선'과 당선 축하 행사용으로 주문했다가 반송되는 '돼지의 낙선'을 유비적으로 등치시키는 신랄한 야유와 냉소를 통해 기성세대의 탐욕과 위선을 풍자하는 「도야지」, 해방을 맞이하여 일본인 지주에게 넘긴 자신의 농토를 다시 찾을 수 있을 것이라는 기대가 좌절된 후 "일 없네, 난 오늘버틈 도루 나라 없는 백성이네. 제길 삼십육 년두 나라 없이 살아왔을려드냐⋯⋯ 독립이 됐다면서 그래, 백성이 차지할 땅 뺏어서 팔아먹는 게 나라 명색야?", "독립됐다구 했을 제, 내, 만세 안 부르기, 잘했지"[59]라는 한덕문의 자조적인 냉소를 통해 국가의 존재 이유에 대한 심문을 자극하는 「논 이야기」 등 이들 작품들에는 해방공간을 기점으로 새로운 질서가 도래하기를 바라는 기대와는 달리 여전히 부조리한 역사가 반복되는 현실을 개탄하는 채만식의 비판적인 문제의식이나 대결의지가 선명하게 부각되어 나타난다.

네 단계로 구분하여 살펴본 채만식 문학의 전체 지형이나 작가의식의 형성과 변화 과정을 통해서 확인할 수 있는 바와 같이, 채만식의 대일 협력 행위는 천황제 파시즘 체제와 군국주의의 광기가 그 정점을 향해 치닫던 신체제기에 이루어졌다. 신체제기 식

---

59   채만식, 「논 이야기」, 『채만식 전집』 8, 창작과 비평사, 1989, 325면.

민지 조선에서는 전후방 상관없이 모든 영역이 전쟁 수행을 위한 도구나 수단으로 징발되는 총동원체제가 발효된 전쟁 상황이었다. 그러한 상황에서 개별 부분들의 고유한 독자성이 존중받을 여지는 눈곱만큼도 없었다. 문학이라고 예외일 리 없었다. 채만식의 대일 협력 작품들은 그러한 상황을 배경으로 발표되었다. 그와 같이 아주 특수한 예외 상황에서 발표한 일부 작품을 가지고서 채만식의 작품 전체나 본질을 친일문학인 것처럼 그리고 채만식을 친일문인의 대명사인 것처럼 일방적으로 매도하거나 비난 또는 단죄하는 일은 온당한 처사가 아니라고 생각한다. 더불어 역사에 대한 예의도 아니라고 생각한다. 더욱이 다시 한 번 강조의 차원에서 반복하지만, 채만식의 대일 협력 행위는 단순히 그 시기만의 문제가 아니라 등단 이후 채만식이 일관되게 보여준 바 있는, '민족'을 화두로 한 민족문학의 실천에 정진해 온 궤적이나 방향성 등을 고려할 때 더더욱 아니라고 생각한다.

"채만식을 통하여 우리는 고약한 세상에서 어렵게 살아가면서도 역사의 증인이 되려고 했던 몇몇 양심적인 지식인의 모습을 떠올리게 된다"[60]라는 지적처럼 그의 작가정신의 근저에는 항상 "민족의 운명에 대한 증인의식"[61]이 똬리를 틀고 있었다. "문학이

---

60 이주형, 「채만식의 문학과 부정의 논리」, 『한국근대소설연구』, 창작과 비평사, 1995, 284면.

61 위의 글, 270면.

적으나마 인류 역사를 밀고 나가는 한 개의 힘일진대 한인(閑人)의 소장(消長)거리나 아녀자의 완롱물(玩弄物)에 그칠 수는 없을 것이라고 나는 목이 부러져도 주장을 하는 자"[62]라는 문학관을 피력할 정도로 문학이 가지는 힘에 대한 낙관적인 기대를 가지고 있었던 채만식에게 '민족'은 한마디로 작가적 화두로 기능했다. 등단 이후 시종일관 야유와 냉소를 전위로 내세운 풍자를 통해 일제의 식민지 근대에 대한 치열한 대결의지를 반영하는 비판적인 리얼리즘을 실천했던 민족문학 작가로서의 정체성을 일관되게 유지할 수 있게 한 원동력은 바로 그러한 문학관이었다. 등단 이후 유명을 달리하는 순간까지 채만식의 문학은 한 번도 이 궤도에서 벗어난 적이 없었다. 일제 말기 신체제기에 이루어진 대일 협력 행위로 인해 채만식의 문학 전체가 부정당해서는 안 되는 이유이다. 또한 그것이 그의 문학에 대한 정당한 평가를 좌우하는 결정변수로 작용해서도 안 되는 이유이다. 식민지 조선의 구체적 현실에 대한 치열한 탐색과 그를 통한 역사적 전망의 모색을 일관되게 추구했던 그의 문학작품이 지니는 가치와 의의는 일제 말기의 특정 시기에 이루어진 대일 협력 행위로 무화될 수 없을 정도로 크고도 소중하기 때문이다

---

62   채만식, 「자작안내」, 『채만식전집』 9, 창작과 비평사, 1989, 520면.

5.2 대일협력의 배경과 동기

채만식의 대일 협력 행위를 변호할 만한 두 번째 요인으로 들수 있는 것은 20대 이후부터 유명을 달리하는 순간까지 화불단행으로 중첩되면서 그를 집요하게 괴롭힌 가난과 병고, 그리고 1939년 개성독서회 사건으로 한 달 보름여 동안 경찰서 구치소에서의 경험했던 구류 생활이었다.

5.2.1 기본값 또는 지속적 동인: 극심한 가난과 병고

'곳간에서 인심난다'는 우리네 속담이 있다. 그 속담처럼 항산이 있어야 항심을 유지할 수 있는 법이다. 안타깝게도 대일 협력의 길로 들어서는 1940년을 전후한 시기 채만식은 항심을 유지할수 있는 항산이 없었고 인심을 낼 만한 곳간 또한 텅텅 비어 있었다. 채만식의 가난이 시작되는 출발점은 양친의 악착같은 노력과 성실함으로 일군 가산이 일제의 수리조합 사업으로 인해 몰락하면서부터이다. 채만식 집안의 갑작스러운 몰락은 수리조합 사업과 적지 않은 관련이 있어 보인다.

1920-30년대에 집중된 수리조합 사업은 전 과정에 걸쳐 조선인 중소지주와 농민들에게 큰 피해와 고통을 안겼으며, 농촌경제의 파탄까지 초래한 식민지 농정이었다. 때문에 광범한 저항과 반대운동이 일어났다. 그 이유는 수리조합 사

업이 일본자본주의의 존립에 필요한 일본 국내의 식량 문제
해결을 위한 국책사업으로서 식민지 조선의 희생을 담보로
전개되었기 때문이었다……

수리조합사업이 크게 활성화된 것은 1920-30년대 산미증
식계획 기간(1920-34)이었다. 산미증식계획은 쌀 증산을 위한
국책사업으로, 일제는 조선 내의 쌀 수요증가 대비와 조선
농가경제의 성장을 위한 사업이라고 선전했지만, 가장 큰
목적은 일본의 식량문제 해결이었다……

수리조합 사업 과정에서 조선인이 대부분인 중소지주나
농민들에 대한 지원 방안이나 보호 장치는 거의 없었다. 오
히려 이들은 수리조합이 설치되면 조합원으로서 거액의 사
업비를 분담하거나 사업용지로 지정되어 헐값에 쫓겨나야
했다……

저수지, 보, 수로 등 수리시설 위치도 대개 (일본)대지주들
의 토지를 기준으로 설계됨으로써 상당 규모의 기간지(旣墾
地)가 수리시설 부지로 편입되었다. 일단 수리시설로 확정되
면 그 보상가가 시가 이하로 책정되거나 그나마 보상 자체
도 제대로 이루어지지 않은 경우가 많아 해당 지역 주민들
의 몰락은 필연적이었다……

여기에 과다한 창립비와 공사비, 부실 공사 등으로 조합
원들이 부담해야 할 수세는 더욱 과중했다…… 이렇게 과
중한 수세 문제는 수리조합 사업의 구조적 문제에서 비롯

한 것으로서 이미 예견된 일이었다. 과중한 수세 부담은 중소지주·자작농·자소작농 등 중소토지소유자들의 몰락으로 이어졌다. 과중한 부담을 견디지 못해 수세를 체납하거나 헐값에 토지를 방매하는 중소토지소유자들이 속출한 것이다.[63]

1906년에 시작한 수리조합 사업[64]이 활기를 띠기 시작한 것은 1920-30년대였다. 결정적인 계기는 일본의 공업화로 인해 발생한 국내 식량문제 해결을 위해 시행한 국책사업이었던 산미증식계획(1920-1934)이었다. "거대한 규모의 토지개량사업과 농사개량사업을 통해 한국에서의 산미량을 증대"[65]시키기 위한 산미증식계획과 구조적으로 연동된 수리조합 사업의 본질 또한 일제의 식민 지배 권력이 주도한 다른 사업들과 마찬가지로 철저하게 일본

63　박수현, 「누구를 위한 개발인가?: 수리조합사업의 실체」, 재단법인 역사와 책임, 『내일을 여는 역사』76호, 2019. 가을호, 186-195면.

64　식민지기 수리조합의 전체상을 분명하게 하기 위한 준비작업으로 이영훈은 정책사의 관점에서 수리조합 사업을 5단계로 구획하고 있다. 제1기: 1906-1919년, 제2기: 1920-1925년, 제3기: 1926-1934년, 제4기: 1935-1939년, 제5기: 1940-1945 해방. 각 시기마다의 주요 정책에 대해서는 이영훈 외, 『근대조선수리조합연구』, 일조각, 1992, 3-8면 참조.

65　박명규, 「일제하 수리조합의 설치과정과 그 사회경제적 결과에 대한 연구: 전북지방을 중심으로」, 성곡언론문화재단, 『성곡논총』제20집, 1989, 188면.

자본의 이해를 관철시키기 위한 수탈 정책이었다. 수리조합 사업 또한 조금도 바를 바 없었다. 조선 농가경제의 발전을 위해서라는 표면의 명분과는 달리 수리조합 사업은 수리 시설 공사 이전에는 조선 농민들의 시설 구역 농지를 시세보다 훨씬 낮은 보상 가격의 수용을 통하여, 그리고 공사 완공 이후에는 "조선에서 유일한 마천루는 세금이다"[66]라는 소문이 조금도 과장이 아닐 정도로 각종 명목의 수세 부과를 통하여 궁극적으로 조선 농민들의 몰락과 파산을 촉진하는 수탈 정책에 불과했다. "일제의 강압적인 식민지개발정책에 의한 수리사업의 추진은 직접 생산자인 농민층의 경제적 지위를 극도로 악화시킴으로써 한국농업과 농민층의 심각한 파탄을 초래"[67]할 수밖에 없었던 것은 당연한 결과였다. 그 과정에서 식민지 조선의 농민들은 그 사업의 들러리나 일방적인 희생양에 불과할 뿐이었다.

"수리조합이 생기는 곳에는 반드시 토지 수탈이 행해진다. 그것은 소농이 조합비 부담을 감당치 못하는 것을 이용해, 대자본가가 장래의 이익을 예견하고 저렴하게 토지를 흡수하는 방법이다"[68]는 지적처럼, 식민 지배 권력의 비호를 받은 일본의 대지주들에게는 헐가의 토지 확장을 가능하게 한 반면 조선 농민들에게

---

66   윤치호, 김상태 편역, 『윤치호 일기』, 역사비평사, 2005, 322면.

67   박명규, 앞의 논문, 193면.

68   김석원, 『일본의 한국경제침략사』, 한길사, 2022, 240면.

는 각종 명목의 과중한 수세 부담만 강제되는 불균형과 비대칭이 우심했다. 수리조합이 설치된 지역의 조선 농민들 사이에 사업을 둘러싼 불만이나 원한감정이 발생할 수밖에 없었으며 이러한 불만이나 원한감정이 고조되어 수조사업 전 과정, 특히 설치를 반대하고 수세를 거부하는 저항 운동이 족출하는 것은 너무나도 당연했다. "수리조합이 발기되는 곳에서는 반드시 민원이 발생하고 또한 그 사업이 진행되는 도중에 있어서는 반드시 분규와 참극이 계속 끊이지 않아 수리조합이라 하면 도리어 일반민중의(……) 저주비난의 원부(怨府)가 되는 것은 과연 무슨 이유인가"[69]라는 언론 기사는 당시 수리조합 사업에 대한 식민지 조선의 불만이나 원성이 어느 정도였는가를 생생하게 증거한다. 한마디로 일제 강점기의 수리조합은 "수리체계에 대한 기술합리성의 제고를 위한 근대적 조직체계의 하나였으면서도 일제의 한국사회에 대한 식민지적 지배체제의 중요한 기능을 수행했던 식민지 농업기구의 하나"[70]에 불과했다. 식민지지주제[71]가 전형적으로 전개되었던 곳이 수리조합 지역이었고 식민지기의 농업생산과 토지소유를 둘러싼

---

69   『동아일보』, 1926, 6.2, 박수현, 앞의 글, 197면.

70   박명규, 앞의 논문, 172면.

71   군산 지역의 식민지 지주제의 폐해와 모순에 대해서는 하지연, 『식민지 조선 농촌의 일본인 지주와 조선 농민』, 경인문화사, 2018, 103-264면 참조.

민족모순이 집중적으로 체현되었던 장이 수리조합"[72]일 수밖에 없었던 이유이다.

특히 천혜의 자연조건으로 인한 비옥한 농토가 광활하게 펼쳐진 우리나라 최대의 곡창 지대였던 전북 지역은 수리조합 사업의 가장 큰 타깃이었다. '전북지역이 미곡농업의 최적지로서 향후 조선 최대의 부력(富力)지역이 될 것임을 전망한 일본인의 조선 진출이 가장 활발하게 이루어졌던 것도 전북 지역의 그러한 입지 조건 때문이었다. 그러한 입지 조건으로 인해 합방 이전인 1910년 이전에도 전북지방에는 이미 24개소의 일본인 농장이 설치 운영되고 있을 정도였다. 일본인 지주들이 천혜의 농업 경영 최적지인 전북 지역에 비상한 관심을 가지는 것은 너무나도 당연했다.'[73] 일제 식민 지배권력의 위세를 등에 업고서 식민지 조선의 토지 수탈에 혈안이 된 일본 대지주들에게는 이 전북지역의 비옥한 농토는 한마디로 블루오션일 수밖에 없었다.

이 정책으로 수리조합이 그나마 작동한 곳은 전라북도 지

---

72   이영훈 외, 앞의 책, 1면.
73   우대형, 「일제하 만경강 유역 수리조합 연구」, 홍성찬 외, 『일제하 만경 강 유역의 사회사: 수리조합·지주제·지역 정치』, 혜안, 2006, 27-30면, 하지연, 『식민지 조선 농촌의 일본인 지주와 조선 농민』, 경인문화사, 2018, 21-25면 참조.

방이었는데, 이곳은 일본인 대농장들이 제일 많은 곳이라 수리조합을 만들면 일본 농장주들이 이익을 보았기 때문이다. 게다가 일본인 농장주들이 다수파여서 근처 조선 농부들의 반발을 억누르거나 땅을 빼앗기도 쉬웠다……

1925년 기준 전라북도의 수리조합 현황을 보면, 일본인 농장주의 인원수는 조선인의 5분의 1 정도밖에 안 되는데 가지고 있는 농지는 2배에 가깝다. 1인당 농지로 계산하면 조선인 1.21대 일본인 10.21의 비율이니, 일본 농장주들의 절대 우세 지역이라고 할 수 있다. 즉 수리조합은 일본인 농장주에게만 유리한 사업이었기에 유독 전라북도에서 진전을 보았던 것이다.[74]

천혜의 자연조건을 두루 갖춘 전라북도의 광활하면서도 비옥한 농토는 일제 강점기 식민지 지주제가 가장 발달할 수밖에 없는 좋은 토양으로 기능한다. 그로 인해 식민지적 농업개발 정책의 일환으로 추진되었던 수리조합 사업은 거의 대부분 전북 지방에 집중될 수밖에 없었으며 그 사업으로 인한 조선 농민층의 몰락이나 분해 또한 주로 전북 지역에 집중[75]되었던 것은 너무나도 당연한

---

74 김석원, 앞의 책, 241-243면.
75 이에 대한 구체적인 논의에 대해서는 박명규, 앞의 글, 참조.

채만식의 민족문학

결과였다. 채만식의 집안 또한 그러한 상황을 피해갈 수 없었다.

> 수리조합이 나면 공짜로 뺏긴다는 낭설이 떠돌자 부랴부
> 랴 헐가 방매를 해버리곤 그 뒤 지가가 일약 이삼십 배로 폭
> 등하는 통에 그만 울화가 복받쳐 내 가친은 토혈을 다 하셨
> 다는 금굴제 방죽 밑에치 옥답 기십 두락은 나의 기억에 없
> 은 것이지만 내가 아는 것만으로도 '과녁터'니 '범의재'니 용
> 정리니 화등리니 계남리니 이렇게 각처에 가 꽤 많이 전답
> 이 있었소[76]

채만식의 부친은 수리조합 시설 지구에 농토가 편입되면 지
가가 폭락된다는 풍문에 현혹되어 서둘러 토지를 시세보다 훨씬
싼 헐가에 매매한다. 이후 지가는 이삼십 배로 폭등한다. 그러나
거짓이 오래 갈 수는 없는 법. 토지를 헐가에 매매하게 만든 풍문
은 일제의 식민 지배 권력과 일본 농장주들의 결탁에 의한 협잡
과 농간이 개입한 허위였다는 사실이 밝혀진다. 불면불휴, 발분망
식의 분투로 일군 많은 전답을 허위 소문에 현혹되어 하루아침에
헐가에 방매한 후 후회막급 어디다 풀 길 없는 울화와 분노로 채
만식의 부친은 피를 토했다고 한다. 채만식 부친의 이 일화는 "총

---

76   채만식, 「어머니의 슬픈 기원」, 『채만식전집』10, 창작과 비평사, 1989,
      424면.

독부의 가장 교활하고 잔인한 시책은 수리사업을 통해 조선인들의 논을 빼앗는 것이다. 그들은 우선 저수지를 만들 때 가장 좋은 논 중에서 수 백만 평을 골라 공시지가로 징발한다. 그리고 나서 조선인 지주들에게 터무니없이 과도한 수리조합비를 물린다. 결국 조선인 지주들은 일본인들에게 자기 논을 팔거나, 아예 줘버릴 수밖에 없다. 이 모든 게 가난한 조선인들을 구제하려고 농업을 진흥한다는 미명하에 이루어진다"[77]는, 합법을 가장한 수탈을 본질로 했던 수리조합 사업이 지닌 위선과 수탈의 실상을 선명하게 증거한다.

수리조합 사업 이외에 채만식 집안의 경제적 몰락과 파산을 재촉한 원인으로는 미두를 들 수 있다. 정확한 사실 정보를 확인할 수는 없지만, 『탁류』에서 미두에 투자했다가 하바꾼의 신세로 전락하는 정주사의 몰락과 『여인전기』에서 매갈이에서의 손실을 만회하기 위해 뛰어든 미두에 투자하였다가 정주사와 마찬가지로 하바꾼과 방퉁이꾼의 신세로 전락하는 진주의 양오라비 창수의 모티프를 통해서 짐작할 수 있는 바와 같이, 실제로 채만식의 집안에서는 수리조합 사업으로 인한 경제적 손실을 만회하기 위해 아버지나 큰 형 명식 씨가 미두에 손을 댔다가 커다란 손실을 보았을 것으로 추정된다. 『탁류』에서 미두 시장의 구체적인 메커

---

77   윤치호, 김상태 편역, 앞의 책, 268면.

니즘에 대한 정보를 바탕으로 미두장을 장소성이 가장 선명하게 부각되는 공간으로 생생하게 묘사하고 있는 점이나 두 작품에서 '미두를 하여 끝까지 수를 본 사람은 만 명에 하나도 드물'(『여인 전기』, 427면) 정도로 합법의 형식적 외피를 두른 일본 투기 자본의 협잡과 간계가 지배하는 도박판으로 규정하는, 미두장에 대한 채만식의 부정적 인식[78] 등으로 미루어 짐작할 때 그러한 추정은 상당한 설득력을 지닌다.

급작스러운 집안의 경제적 몰락으로 인해 일본 유학도 중도이 폐한 채만식은 고향에서 소일하다 잠시 강화의 사립학교 교원 생활을 경험한다. 이후 동아일보 기자와 개벽사를 비롯한 잡지 기자·편집자 생활을 하면서 창작도 병행하나 한번 기울어진 궁핍 상황[79]은 좀처럼 개선의 여지를 보이지 않고 계속 악화일로를 걷는다. 겨울 외투를 1원에 저당잡히는 일을 통해 궁핍한 경제상황을 엿보게 하는 「봄과 외투와」(『혜성』, 1931.4), 경제적인 궁핍으로 인한 울적한 심사로 인해 봄을 맞이해서도 침울한 심리를 진술하고 있는 「봄과 여자와」(『신여성』, 1931.4), 여의치 않은 경제 상황으

---

78   미두장에 대한 채만식의 부정적인 인식의 구체적인 논의에 대해서는 공종구, 「채만식의 『탁류』에 나타난 군산의 지정학」, 앞의 논문집, 12-19면 참조.

79   채만식의 경제적 곤궁에 대한 구체적인 논의는 공종구, 「채만식의 산문」, 앞의 책, 159-165면 참조.

로 인해 마음대로 금강산 구경이나 여행을 떠나지 못하는 울적한 소회를 진술하고 있는 「청량리의 가을」(『동광38』, 1932.10), 반복해서 자신의 경제적 곤궁 상황에 대해 진술하는 「자전거 드라이브」(『동아일보』, 1933.4.24), 전당포에 저당잡힌 물건의 회수를 연장하는 일화를 통해 곤궁 상황을 서술하고 있는 「전당포에 온 봄」(『신가정』 1933.4) 등의 산문들은 당시의 궁핍 상황을 핍진하게 전달하고 있다. 특히, "과거에 실직으로 쓰라린 고초를 나는 많이 겪어왔다. 찬 2월에 밥값 조르는 하숙에 들어가기가 싫어 계동 뒷산에 가서 사흘 굶고 사흘 밤 잠을 잔 일도 있었다"[80]는 진술들을 보면 당시 채만식의 궁핍 상황이 어느 정도로 처절했는지 충분히 짐작이 되고도 남는다.

막다른 골목에 몰린 상황에 대한 돌파구 차원에서 채만식은 급기야 1936년에는 마지막 직장이던 조선일보의 퇴사와 함께 전업 작가의 길을 선언한다. 그와 동시에 당시 사실혼 관계에 있던 김씨영 씨와 같이 금광업에 종사하던 셋째형 준식 씨와 넷째형 춘식 씨가 거주하던 개성으로 들어간다. 개성 생활에서도 가난은 크게 달라질 것이 없었다. 그러한 상황에서 물에 빠져 지푸라기라도 잡는 심정으로 채만식은 "1938년 여름, 자본 조달자(물주) 형식

---

80   채만식, 「문예시감」2, 『채만식전집』10, 창작과 비평사, 1989, 76면.

으로 형들의 금광 개발에 참여"[81]한다.

건곤일척의 승부수 차원에서 채만식이 뛰어든 금광 개발 사업의 열도와 열기는 당시 식민지 조선 사회에서 집단적인 광기에 가까울 정도로 뜨겁게 달아오른 상황이었다. "지금 한 괴물이 조선 천지를 횡행한다. '금'이라는 놈이다"[82]라는 채만식의 진술이나 "예전에는 금전꾼이라 하면 미친놈으로 알았으나 지금은 금광 아니하는 사람을 미친놈으로 부르리 만치 되었다"[83]라는 세간의 풍문들은 당시 금광 개발 열풍이 어느 정도였는가를 생생하게 증거한다. 투자자를 찾아 각지로 나선 채만식은 천신만고 끝에 동아일보의 동료 기자였던 소오 설의식에게서 사업 자금 일체를 마련한다. 큰 기대를 걸고 남택광의 개발에 나섰으나 결과는 소오에게 5천 원의 손실[84]만 떠안기는 참담한 좌절로 끝이 난다.

마지막 승부수로 던진 남택광 개발의 참담한 실패 이후 "개성으로 내려가서만 오 년, 아는('나는'의 오자로 보임) 원고료의 수입과 빚으로써, 육칠 인이나 되는 네째형의 가족을 부양했었다"[85]는 서

---

81 전봉관,「황금광시대 지식인의 초상-채만식의 금광행을 중심으로」,『한국근대문학연구』6, 2002 하반기, 89면.

82 채만식, 「문학인의 촉감」,『채만식 전집』10, 창작과 비평사, 1989, 310면.

83 「金鑛界 財界 內報」,『삼천리』, 1934.8, 전봉관, 앞의 글, 78면에서 재인용.

84 전봉관, 앞의 글, 80면 참조. 채만식, 「금과 문학」,『채만식전집』9, 창작과 비평사, 1989 참조.

85 채만식, 「근일」,『채만식전집』8, 1989, 14면.

술에서 알 수 있는 바와 같이, 채만식은 개성에서 가형들의 가족들까지 부양해야만 하는 막중한 부담을 지니게 된다. 10여 명이나 되는 대가족 생계 부양자의 무거운 짐을 짊어진 그의 유일한 수입원이라고는 '유일한 생화(生貨)가 그때나 지금이나 매문(賣文)이요, 매문을 아니하고는 2합 2작의 배급쌀조차 팔 길이 없는'(「민족의 죄인」, 134면), 언 발에 오줌 눌 정도밖에 되지 않는 약소한 원고료뿐이었다.

> 새벽 다섯시까지(어제 밤 여덟시부터 꼬바기) 앉아서 쓴 것이 장수로 넉 장, 실 스물일곱 줄을 얻고 말았다.
> 그 사이, 노싱을 한 봉 반씩 네 차례에 도합 여섯 봉을 먹었다. 간밤에 새로 뜯어논 스무 개 들이 가가아끼 한 곽이 빈 탕이 되었다. 재떨이가 손을 못 대게 낭자하다. 성냥 한 곽을 죄다 그었나 보다.(「근일」, 『채만식전집』 8, 11면)

문면에서 보는 바와 같이, 개성에서 대가족의 생계 부양 책임을 떠안고 있던 채만식은 유일한 수입원이던 그 알량하고도 푸닥진 원고료 수입을 위해 천근만근의 무게로 엄습하는 수마를 물리치려고 약과 담배에 의존하면서 수시로 철야를 일삼아야만 했다. 건강에 치명적일 정도로 해로울 수밖에 없는 그러한 철야의 반복은 당연히 채만식의 생의 에너지를 급격하게 탕갈시키는 원인의 하나가 되기도 한다.

채만식이 대일 협력의 길로 들어서는 신체제기의 궁핍 상황은 4-5년 정도의 개성 생활을 마감한 후 1940년 5월 안양으로 이거 하던 당시의 전후사정을 술회하고 있는 산문 「안양복거기」(1940) 및 「안양복거기」의 소설적 버전인 단편 「집」(1941)과 그 다음해인 1941년 안양에서 다시 서울 외곽의 광나루로 이거하는 정황을 술 회하고 있는 「주택」(1941)에 핍진하게 드러나 있다. 안양에서 광 나루로 이거하던 때보다는 개성에서 안양으로 이거하던 무렵의 궁핍 상황과 관련된 채만식의 심정이 훨씬 더 복잡하고 착잡했던 것으로 보인다. 도저히 사람이 거주할 만한 집이라고는 할 수 없 을 정도로 열악하기 그지없는 주거 공간이었음에도 불구하고 생 애 처음으로 자기 집을 구입한다는 흥분이나 감회 때문인지 「안 양복거기」는 「주택」에 비해 상대적으로 분량이 많을 뿐만 아니라 「집」이라는 단편을 통해서도 반복적인 변주를 보이고 있기 때문 이다.

　「안양복거기」와 「집」은 창작과 비평사의 편집자 기준에 각각 산문과 단편으로 분류되어 있다. 하지만 그 실상을 구체적으로 들 여다보면 두 텍스트는 상호텍스트적 맥락에서 강한 '가족 친족 성'을 형성하고 있다. 두 텍스트 모두 개성 생활을 정리한 후 안양 양지마을의 삼간두옥(다섯간짜리 초가집)을 270원에 조건부로 매입 하는 과정에서 채만식이 경험한 '체험의 직접성'을 별다른 허구 적 변형이나 가공의 여과 과정 없이 서술하고 있기 때문이다. 안 양으로의 이거 당시의 자전적 체험에 기초한 두 텍스트는 한마디로 일란성 쌍둥이라고 할 수 있을 정도로 유사한 연작 산문 또는 연작 소설이라고 할 수 있을 정도이다.

　마침 풀 묻은 손에 귀얄을 든 넷째중형이 바로 길 어떤 한 집에서 내다보아 드디어 내 집이 그 집이로군 하고 확정이 되는 찰나 참으로 누가 집어다 내버렸대야 주워가지고 싶은 생각도 나지 않을 만큼 실망이 되게 기구망측한 꼬락서니였 소……

　집 사위의 황무지를 기경(起耕)해 먹느라고 부절히 시비(施肥)를 하는 통에 주야없이 코로 스며드는 악취!

　P형.

　하루는 내 홀로 앉아 장태식(長太息)을 했소. 내 어이 만지(蠻地)엘 왔더뇨 하면서……(「안양복거기」, 『채만식전집』10, 409-421면)

　동대문에서 그 위태롭고 가솔린 냄새에 골치가 패는 궤도차를 명색 차라고 잡아타고, 그러나 이 궤도차의 위태하고 골치아프고 그리고 불결한 것쯤은 차라리 신선(神仙)이었다. 동대문으로부터 시작하여 광나루까지 거진 다 오도록 연도에 늘비하니 벌여져 있는 일백만 경성부민(京城府民)의 배설물의 대나열!……

　마침 겨울이기에 망정이지 봄이나 여름이었더라면 하고 생각을 하자니 상상만 해도 실로 모골이 송연(悚然)했었 다.(「주택」, 『채만식전집』10, 440-446면)

여름 장마철에는 침수의 위험, 집 주위에는 상여집과 공동묘지, 그리고 주변에는 텃밭의 시료로 인해 진종일 진동하는 악취 등 가형들의 주선과 도움으로 생애 처음 구입한 안양 양지마을의 집은 주거공간으로서 갖추어야 할 최소한의 여건이나 환경조차 불비한, 어떤 점에서는 허름한 폐가조차만도 못한 열악한 주택이었다. 그러한 주택구입마저도 절반 이상을 빚과 조건부로 구입한 것이었으니 '참으로 누가 집어다 내버렸대야 주워가지고 싶은 생각도 나지 않을 만큼 실망이 되게 기구망측한 꼬락서니'라는 채만식의 탄식이 조금도 과장이 아닐 정도로 열악했다.

광산업에 종사하던 두 가형의 권유에 의해 새로운 삶의 거처로 옮긴 서울 외곽의 광나루의 주거 여건이나 환경 또한 안양에서보다 조금도 나을 것이 없었다. 문면에서 보는 바와 같이 광나루와는 상당한 거리를 두고 있는 동대문의 도로 연변에서부터 지천으로 방기되어 있는 배설물로 인해 진동하는 악취는 가뜩이나 비위가 약한 채만식에게는 엄청난 고역이었을 것이다. 그러나 당시 채만식의 경제적인 형편으로서는 그 정도의 집 말고는 달리 선택할 여지가 전혀 없었다. 반복강박의 양상을 보일 정도의 노출로 드러내는, "팔기 위한 원고 말고 일 년에 단 한 편이라도 자신있는 작품을 써보았으면 한다."[86] "어서 바삐 써다가 주고 한시

---

86   채만식, 「유월의 아침」, 『채만식전집』10, 창작과 비평사, 1989, 335면.

바삐 고료를 받아와야 하겠다고 하면서 쓰는 작품은 도저히 작품답게 될 수가 없소. 나는 그렇기 때문에 나로서 최초의 장편인 그 『인형의 집을 나와서』를 잡쳐버렸소, 배고프면 밥 먹고 싶지 소설 쓰고 싶지 아니하오. 나는 밥 먹는 것 장만하느라고 1933년 1년 동안에 장편 한 개와 1막 희곡 한 개밖에는 쓰지 못했소"[87]라는 고백적 진술들은 조금도 과장이 아님을 알 수 있다. 금광업에 종사하던 셋째형과 넷째형 가족들의 생계까지 부양해야만 했던 각다분한 처지의 채만식은 당시 1매당 25전 하던 고료가 유일한 생화를 얻기 위해 "벌써 두 달 장간이나 매일같이 세시, 네시, 더러는 꼬박 밝히기까지 하면서 책상에 붙어앉아 원고와 씨름"[88]을 하던 악전고투의 상황에 내몰려야만 했다.

화불단행이라는 말처럼 가난과 더불어 다정한 벗처럼 평생 채만식을 집요하게 따라다니며 괴롭혔던 것이 병고이다. 채만식의 병고 가운데 고질인 신경쇠약과 불면증은 10대 후반인 중앙고보 시절부터 시작되었다. 특히 '1936년 무렵에는 수면제인 칼모친이나 아다린을 치사량에 가까운 분량을 복용할 정도로 불면증은 극심했으며 더불어 환청으로 인해 완전한 발광과 백지 한 장

---

87 채만식, 「창작의 태도와 실제」, 『채만식전집』10, 창작과 비평사, 1989, 527면.
88 채만식, 「잃어버린 10년」, 『채만식전집』9, 1989, 503면.

의 사이에까지 아슬아슬하게 올라갔을 정도로 건강은 악화'[89]되었다. 게다가 김씨영 씨와의 사이에서 첫 번째 아들인 병훈을 낳던 해인 1942년 『매일신보』에 『아름다운 새벽』을 연재하던 무렵에는 생계를 위한 고육지책의 차원에서 몸을 혹사했다. 당시 채만식의 처지는 건강을 돌보는 일조차 사치였을 정도로 절박했기 때문이다. 이로 인해 "몸이 지탱치 못할 줄 알면서도 저녁 일곱시부터 세시까지 집필에 몰두하면서 문(文)은 고(苦)로다!라는 탄식"[90]을 할 정도로 계속되는 철야의 무리한 집필 노동과 고통을 잊기 위한 통음으로 인해 채만식의 건강은 만신창이 상태였다. 그 결과 채만식의 육체는 '걸어다니는 종합병동'이라고 할 수 있을 정도로 늑간 신경통, 만성 두통과 소화불량, 신경쇠약 등 다양한 질환들로 고통을 받았다. 특히 "실로 기묘라는 금년 1년이 나에게는 천하의 살년(殺年)이었다고 해야 할 것이다[91]"라고 자조할 정도로 집안의 크고 작은 우환이 끊이지 않았던 1939년 연말에서 40년 2월 사이 두 달 동안에는 엽서 한 장조차 구술 대필을 시킬 정도로

---

89 이에 대해서는 채만식, 「신변잡초」, 『채만식전집』10, 창작과 비평사, 1989, 550-551면 참조.

90 채만식, 「영아는 나다」, 『채만식전집』10, 창작과 비평사, 1989, 453-454면.

91 채만식, 「액년」, 『채만식전집』10, 창작과 비평사, 1989, 399면.

극심한 병고에[92] 시달렸다.

또한 타나토스의 충동을 자극할 정도로 우심했던 극도의 가난과 병고가 악우처럼 연이어 중첩되는 과정에서 채만식은 염세와 허무의 기운에 중독되어 심각한 수준의 우울증에도 시달렸던 것으로도 보인다. 자신을 사숙하는 지방의 문청에게 답신 형식으로 보낸 글인 「하일잡초」는 당시 채만식의 근황이 어느 정도로 절망적이었는가를 선명하게 인화하고 있다.

> 도무지 세상이 귀찮아서 친구와의 서신 왕래는 고사하고 같은 서울바닥에 있는 벗들과도 반 년 동안이나 상종을 아니했소…… 이번 군의 긴한 청도 있고 또 군도 알다시피 지난 일 년 동안(1934)을 창작은 말할 것도 없고 수필 한 토막 변변히 쓰지를 아니했소…… 내 이야기? 하고 싶지 아니하오. 거친 모래를 한 줌 입에 집어넣고 씹는 맛이라고나 내 생활을 비유할는지. 어쨌거나 지나간 일 년 동안에 나는 꼭 십 년을 늙었소. 문학적 에누리가 아니라 정말로 그러하오.
> 요즘은 왜 인간은 삼십 년이니 오십 년이니 살게 마련이 되어가지고 이렇게 지리한 염증이 생기게 하는지가 절절히 느껴지오.

---

92   채만식, 「병여잡기」, 『채만식전집』10, 창작과 비평사, 1989, 참조.

인간은 개와 말과 원숭이의 싫다고 내버린 나이를 주워보
태어 칠십년을 살게 되었다더니 아마 그런 쓸데없는 수명을
가졌기 때문에 인생의 후반은 이렇게 건조무미한가 하는 생
각도 드오.(「하일잡초」, 『채만식전집』9, 474-481면)

'거친 모래를 한 줌 입에 집어넣고 씹는 맛', '인간은 개와 말
과 원숭이의 싫다고 내버린 나이를 주워보태어 칠십년을 살게 되
었다더니' 등과 같은 채만식 특유의 냉소와 야유가 도저한 이 문
면을 통해 약여하게 드러나는 바와 같이 채만식은 당시 오랜 기간
지속·중첩되는 극심한 가난과 병고, 그리고 세상 어떤 일에서도
의미와 가치를 찾지 못하는 허무와 절망의 늪에서 허덕이며 힘든
날들을 간신히 버티고 있었던 것으로 보인다. 한계상황에 육박하
는 극심한 가난과 병고로 인한 육신의 고통과 마음의 지옥을 악착
의 안간힘으로 견디고 버티던 당시 채만식의 모습에서 백척간두
의 위태로운 실존을 확인하는 일은 그리 어렵지 않다. 게다가 설
상가상 고향 임피에 두고 온 어린 두 아들 무열 계열과 은선홍 부
인을 돌보지 못한 데서 오는 자책과 회한은 가뜩이나 힘들고 어려
운 상황에서 자신의 몸 하나 건사하기 힘들던 그의 마음을 더욱
무겁고도 어둡게 만들었다. 이러한 상황에서 화불단행의 '액년'으
로 규정하고 있는 1939년에 발생했던 '개성독서회' 사건은 채만
식이 대일 협력의 길로 들어서게 되는 결정적인 계기로 작용한다.

5.2.2 돌발변수 또는 결정적 동인: 개성 독서회 사건

그를 집요하게 괴롭히던 가난과 병고가 중첩되면서 거의 번아웃 상태로 허덕이던 채만식이 '액년'으로 규정하고 있는 1939년은 대일협력 행위와 관련해서도 매우 중요한 해이다. 집안의 우환과 불상사가 끊이지 않고 연이어 발생하던 이 해에 겪은 '개성 독서회' 사건은 그로 하여금 친일의 길로 들어서게 만드는 방아쇠의 역할을 하게 되기 때문이다. '개성 독서회 사건에 대한 경찰 측 기록에 채만식의 이름이 직접 나오는 문서는 1939년 4월 6일에 경기도경찰국장이 경무국장과 경성지방법원 검사정에게 보내는 '사상용의학생 이두신 검거취조의 건'이다. 이 문건을 통해 사건을 정리하면 이두신이라는 학생이 개성경찰서에 구인된 것은 1939년 3월 28일이었고, 동료 학생들과 함께 채만식의 이름도 거론되어 채만식 또한 개성경찰서에서 한 달 보름여 기간 동안 구인되어 조사를 받았던 사건'[93]을 말한다.

삼월 그믐인데 볼일로 서울에 왔다 삼사일 만에 내려갔더니 가족들이 초상난 집처럼 근심에 싸여 있었다. 조금 전에

---

[93] 김재영, 「회고를 통해 보는 총력전 시기 일제의 사상 관리」, 동국대학교 문화학술원 한국문학연구소 편, 앞의 책, 76-78면, 방민호, 「구금의 기억과 대일 협력 문제: 채만식의 경우」, 『일제 말기 한국문학의 담론과 텍스트』, 예옥, 2011, 412-416면 참조.

개성경찰서의 형사 두 명이 와서 내가 거처하는 방을 수색을 하고 서신과 몇 가지의 원고와 잡지 얼러 몇 가지의 서적을 가져갔고, 그러면서 물어볼 말이 있으니 돌아오는 대로 곧 고등계로 오도록 이르라는 부탁을 하더라는 것이었다.

그리고 그날 아침 ***군과 ***군이 붙들려 갔다는 말을 하였다. ***군과 ***군은 나한테를 종종 다니는 이십 안팎의 문학청년들이었다······

보기만 하여도 마치 뱀을 쭈쩍 만난 것처럼 섬뜩한 것이 경찰서의 사람들이었다. 들어서기가 무엇인지 모를 무시무시한 것이 경찰서였다. 아무렇지도 않은 신고서 한 장을 들이러 가기에도 들어서면 벌써 눈부라림과 호통과 따귀가 올라붙거니만 싶어 덮어놓고 공포증과 불안을 주는 것이 경찰서요 그곳의 사람들이었다.

그런지라 비록 치안유지법에 걸릴 아무 내력이 없다고는 하여도, 그래서 심상히 여겼다고는 하여도 노상 태연한 마음일 수가 없었음은 물론이었다.

이윽히 기다리게 한 후에 일인 형사가······ 별실로 데리고 들어가더니 ***군과 ***군과 나와의 상종에 대한 것을 묻는 것이었다. 언제부터 어떤 반연으로 알았으며, 한 달이면 몇 번씩이나 찾아오며, 만나서 하는 이야기와 하는 일은 무엇이며 하냐고.

만나기는 한 반년 전에 그들이 찾아와서 비로소 처음 만

났고, 하는 이야기나 하는 일은 문학을 공부하는 초보에 관한 것으로…… 말썽 아니 될 범위에서 대답을 하였다.

"그것뿐인가?"

마지막 형사는 딱 어르면서 표독한 눈매로 눈을 부라렸다.

나느 속으로는 떨리나 태연히

"대강 그렇습니다." ……

"이 자식."

소리와 함께 따귀를 따악 거푸 따악 따악 따악 따악……

"꿇어앉어 이 자식아."

걸상으로부터 내려가 꿇어앉았다……(「민족의 죄인」, 『레디메이드 인생』, 110-112면)

나는 유치장에 들어가던 날의 첫 번 식사인 저녁밥을 먹지 않았다. 흥분이 되어 식욕이 없는 것도 없는 것이었지만 그다지 입이 호강스럽지는 못한 나로서도 차마 그것을 밥이라고 입에 떠 넣을 뜻이 나지 아니하였다. 찌그러지고 오그라지고 시꺼멓게 때꼽재기가 끼고 한 양은 벤또에다 골싹하게 담은 밥이라는 것은 쌀 알갱이는 눈 씻고 잘 보아야 하나씩 둘씩 섞였을 뿐의 노오란 조밥이요, 찬이라는 것은 산에 가서 되는대로 그럴싸한 풀잎을 뜯어다 슬쩍 데쳐서 소금을 뿌려 주물럭주물럭한 두어 젓갈의 소위 산나물 한 가지로 하였다. 밥에는 그러나마 만주 좁쌀에 고유한 그 세모지고

채만식의 민족문학

얄따란 다갈색의 잔모래가 얼마든지 섞여 있고(「민족의 죄인」,
『레디메이드 인생』, 115면)

이때에 나를 구원하여준 것이 생각지도 아니한 한 장의
엽서였다……

문인협회로부터 북지 방면으로 황군위문대를 회원 중에
서 파견하고자 하는데 그 구체적 협의회를 아무 날 아무 곳
에서 열겠으니 참석하라는 엽서가 지난번 서울을 가기 조금
전에 온 것이 있었다. 바로 그 엽서였다. 나중 놓여나가서 알
았지만 내가 놓여나가던 십여 일 전에 두 번째 와서 수색을
하였고, 그때에 잡지 틈사구니에 끼었다 떨어지는 이 엽서
를 가져가더라고 집안 사람이 말하였다……

그것이 보람이 있기도 하였겠지만 결정적인 것은 역시 문
인협회의 한 장 엽서였던 듯싶었다.

문인협회에 대한 대답 가운데 요긴한 것은 임시로 그 자
리에서 나에게 유리하도록 꾸며낸 대문이 많았으나 아무튼
대일 협력이라는 주권(株券)의 이윤(利潤)이 어떠하다는 것을
실지로 배운 것이 이 개성 사건이었다.(「민족의 죄인」, 『레디메
이드 인생』, 122-125면)

무시로 자행되는 일본 형사의 취조에 이어지는 무자비한 폭력
과 조야한 식사 그리고 40여일 정도 계속된 불편한 잠자리는 오

랜 병치레로 가뜩이나 약해진 체력의 채만식이 감당하기에는 적지 않은 고통이었을 것이다. 더욱이 당시 채만식은 셋째형과 넷째형 가솔들의 생계 부양이라는 무거운 짐까지 짊어진 상황이었다. 간난신고가 중첩되는 백척간두의 상황에서 채만식에게 주어진 현실적인 선택지는 그리 많지 않았을 것으로 짐작된다. 그러한 상황에서 채만식은 대일 협력의 선택이 최소한 일신을 보호할 수 있는 방패막이 역할은 할 수 있을 것이라는 현실적인 계산과 타협할 수밖에 없었을 것이다.

채만식의 대일 협력은 이러한 드라마를 연출하는 과정을 통해 이루어진 것으로 보인다. 지금 시점에서 생각하면 통탄스러울 정도로 안타까운 일이 아닐 수 없다. 하지만 당시 채만식의 입장에서 최선의 선택은 아니었을지라도 피치 못할 불가항력적인 고육지책의 선택이었을 여지는 있어 보인다. 당연히, 당위의 선택을 하면 더할 나위 없이 좋은 일이겠지만 항상, 그리고 누구나 당위의 선택만을 하고서 살아가지는 않는다. 따라서 당시 채만식이 처한 실존적인 처지나 정황을 두루 그리고 충분히 고려하거나 존중하지 않고 선택의 결과만을 가지고서 일방적으로 매도하거나 비난 또는 단죄하는 것은 일제 말기 광기와 야만의 시대를 감당하느라 힘겹고도 버거운 고투를 강요당해야만 했던 채만식 개인에게는 물론 그 당시 역사에게도 예의는 아니라고 생각한다.

해방 직후 친일파 청산에 대한 요구는 당위론적 과제의 차원에서 도도한 흐름을 형성하면서 폭발적으로 분출한다. 그러한 시

대적인 분위기로 인해 친일파 청산 및 역사적 심판에 대한 요구
는 이념적인 지향이나 체제에 상관없이 각종 사회단체나 정당에
서는 친일파 관련 규정을 경쟁적으로 제출하게 된다. 그 가운데
'민주주의 민족전선에서 46년 3월 1일 발표한 친일파 규정(초안)
은 친일파 청산에 대한 논리적 배경과 당시의 현실적인 제약 요
인까지 언급하고 있는 최초의 문건이라는 점에서 주목을 요한다.
민주주의 민족전선에서는 친일파의 구체적 규정에 있어서 원칙
적으로 다음과 같은 심심하고 주도한 주의를 갖지 않으면 안 될
것이다라는 전제하에 세 가지의 큰 원칙을 제시하고 있는데 그
두 번째 원칙으로 친일적 경향이 있는 자 중에서도 그 생활의 필
요와 부득이한 환경으로 인하여 이러한 죄과를 받은 자에 대하여
서는 동포애의 견지에서 관용을 베풀어야 할 것이다. 친일파 혐의
를 받는 자의 대부분이 이 부류에 속한다는 것을 우리는 명심하
지 않으면 안될 것이다'[94]라는 조항을 제시하고 있는데 채만식의
경우는 정확하게 이에 해당한다고 할 수 있다.

　물론 민주주의 민족전선에서 제사하고 있는 그러한 원칙은 상
황논리에 치우친 듯한 인상을 지울 수 없는 것은 사실이다. 게다
가 이러한 원칙이 당시 해방 직후 각 정파 간에 권력의 헤게모니
확보를 둘러싼 치열한 각축과 경합에 골몰하던 상황에서 유리한

94　친일인명사전 기획위원회, 「친일파의 범주와 행태」, 민족문제연구소,
　　　『친일파란 무엇인가』, 아세아문화사, 1997, 263-264면 참조.

고지를 점령하기 위한 전술적 차원의 현실적인 고려일 수도 있다. 하지만 그렇게만 볼 수 없는 것이 민주주의 민족전선의 규정은 여타 정파들의 규정들과 마찬가지로 친일파의 형성 과정과 활동, 그리고 역사적인 청산과 심판의 요구가 분출하는 배경 등과 관련하여 시기적으로 바로 그 당시의 관점에서 가장 정확하면서도 구체적으로 판단하고 해석할 수 있는 지점에 있었다는 점을 고려하면 부정적으로 폄하할 만한 일은 아니라고 생각한다. 따라서 충분히 경청할 만한 가치가 있는 제안이라고 생각한다.

5.3 대일 협력의 기준: 주도성과 자발성

한 작가의 정체성을 친일문학이나 친일문인으로 규정하는 문제는 심사에 숙고를 거듭해야만 하는 문제라고 생각한다. 일반적인 맥락에서 '친일'은 자신의 개인적인 영달이나 출세를 위해 일제 식민지배 권력에 영합하여 민족과 역사의 기대를 저버린 몰역사적이고 파렴치한 행위로 인식되기 때문이다. 상식적인 차원의 이야기이겠지만 당시의 식민지 조선의 현실에서 작가들은 거의 대부분 당시 조선 사회의 여론을 주도하고 선도하는 지성과 지식인의 역할을 담당했었다. 그리고 국권을 상실한 현실 앞에서 정도의 차이야 있겠지만 너나할 것 없이 생래적인 민족주의자들의 길을 갈 수밖에 없었다. 그러한 존재론적 조건의 자장 안에서 활동하던 문인이나 작가들이 일제 말기, 구체적으로 중일전쟁 이후 본격적인 전시동원 체제로 돌입하는 과정에서 일제 식민주의와 천황제 파시즘 체제에 협력을 강요하는 공기나 분위기가 형성되던 상황이었다고 하더라도 아무런 동요나 갈등 없이 곧장 친일의 길로 들어서지는 않았을 것이다.

채만식의 경우 「이런 처지」나 「소망」, 「패배자의 무덤」, 「모색」 등의 작품에서 징후적으로 암시하고 있는 바와 같이, 대일 협력의 길로 들어서는 과정에서 그가 겪을 수밖에 없었던 극심한 신경 소모와 김정노동은 죽음의 문턱을 오고갈 정도[95]의 강도로 강했던 것으로 보인다. 당시 채만식이 직면한 그러한 실존적 정황이나 고뇌를 전혀 고려하지 않고 그 결과만을 가지고서 일도양단식으로 그를 친일문인이나 친일문학으로 일방적으로 매도하거나 비난하는 것은 재고의 여지가 있어 보인다. 그러한 일도양단 식의 매도나 비난은 상상을 초월할 정도의 수탈과 탄압이 극에 달했던 험한 시대를 살아갈 수밖에 없었던 작가들에 대한 예의도 아니고 역사에 대한 예의도 아니라고 생각하기 때문이다. 그 논리적 맥락의 연장선에서 친일을 규정할 경우 중요한 기준은 '주도성'과 '자발성'이어야 한다고 생각한다. 친일을 규정하는 두 가지 주요한 기준으로 주도성과 자발성을 설정할 경우 채만식은 상당한 거리가 있다고 생각한다. 혐오에 가까울 정도로 집단주의 정서를 싫어

---

95 이들 작품에 대한 구체적인 논의는 공종구, 「채만식의 소설에 나타난 친일의 경로와 동기」, 『한국 현대소설의 윤리』, 박문사, 2009 참조.

한데다 냉소의 기운이 아주 강했던 기질의 소유자였던 채만식이 역사와 민족의 기대를 저버리는 친일 행위에 주도적으로 나서는 일은 불가능했을 것으로 추정되기 때문이다. 구체적인 논의를 이어가보도록 하자.

5.3.1 성격이나 기질

크고 작은 여러 가지 에피소드들이 예증하고 있는 바와 같이 채만식은 병적일 정도로 까다롭고 예민한 성정의 소유자였다. 자신의 성격이나 기질을 스스로 '신경질 제3기'로 규정하고 있는 것을 보면 채만식 본인 또한 자신의 그러한 성정이나 기질을 잘 알고 있었던 것으로 보인다. 주변에 그와 가까이 지내는 문인들이 별로 없었던 것도 병적일 정도로 바자원 그의 성정이나 기질 때문이었다. 게다가 주변 문인들과의 관계 또한 원만하거나 순조로운 편 또한 못되었다. 당시 1920년대 식민지 조선의 신문화 운동의 거점이나 기지 역할을 자임했던 잡지 『개벽』[96]에서 있었던 일이다. 당시 카프의 소장파 평론가로 입지를 굳혀가던 백철은 개벽사에서 같이 근무(1931.10-1932)하면서 경험했던 채만식의 인상에

---

96 『개벽』에 대해서는 최수일, 『『개벽』 연구』, 소명출판, 2008.
임경석·차혜영 외, 『『개벽』에 비친 식민지 조선의 얼굴』, 모시는 사람들, 2007.
조남현, 『한국문학잡지사상사』, 서울대학교출판문화원, 2012. 참조

대해 다음과 같은 기록을 남기고 있다.

> 이 가운데서 특히 나와 같은 문학 분야의 동료로서 만난 사람이 두 사람 있다. 하나는 작가 채만식씨요, …… 우선 그 전부터 이름을 듣고 있던 작가는 채만식이었다.
>
> 그러나 아직 그때까지는 채씨의 작가적 지위는 확립되어 있지 못한 것 같았다. 작가보다는 차라리 신문 기자로서 더 알려져 있었다. 그는 개벽사에서 『혜성』지 편집장으로 오기 전에 동아일보사의 사회부 기자의 경력을 갖고 있었다. 차상찬 선생이 나를 소개시킬 때도 특히 인터뷰 기사의 명수라고, 당시 경제학자이던 서춘씨와의 인터뷰 기사를 말해 주기도 하였다. 그러나 채씨 자신은 그런 신문 기자로서 소개가 못마땅하다는 표정이었다……
>
> 내가 기억하기에는 그의 작품이 처음 인정받은 것은 32년 말에 『신동아』지에 낸 「화물자동차」에서이며, 그 뒤 33년에 낸 「레디메이드 인생」이나 「인테리와 빈대떡」이니 하는 작품에 와선 비로소 채만식 문학다운 한 틀이 잡혀가고 있었다고 본다……
>
> 더 기억에 남는 것은 채만식의 인간면이다. 위의 작품 이야기에도 좀 비쳐졌지만 그의 대인 관계 같은 일상생활에 드러난 것은 과잉한 신경성이었다.
>
> 말하자면 남들과의 휴먼 릴레이션이 거의 제로였다. 툭 하

면 버럭 화를 내고 반대를 위한 반대, 남을 꼬집는 버릇 등 그때 내 인상으로선 나쁜 버릇은 다 가지고 있는 인물처럼 느껴졌다.

나는 본디 성격이 둥글기만 해서 적어도 일상생활에선, 젊었을 때부터 좀처럼 남과 의견 충돌을 하지 않는 원만하다면 원만한 편이어서, 문단의 호인 운운의 명예스럽지 못한 이름도 붙여졌지만 그래도 채만식의 신경성에만은 참을 수가 없었다. 같은 책상에 이마를 맞대고 앉아서 의견 충돌을 피할 수도 없는 일, 하루에 평균 4, 5 차례나 말다툼을 하는 형편이었다.

그러나 뒤에 생각할 때에 채만식은 그렇게 단기(短氣)한 사람인만큼 뒤가 없는 사람, 지금 생각하면 그와의 우정이 갈수록 깊어진 사실이 우연이 아닌 것을 나는 잘 알고 있다.[97]

직접 경험에 바탕한 백철의 진술은 채만식의 성격이나 기질이 어느 정도로 예민하고 바자위었는지 선명하게 증거한다. 백철은 당시 무골호인이라는 별명을 들을 정도로 주변의 문인들로부터 평판이 아주 좋았던 것 같다. 그러한 백철조차도 "문밖에서 돌아오면 손잡이를 놓자마자 손을 털었고 또 손을 씻곤 했을 정도로

---

97   백철, 「개벽(開闢) 시대」, 강진호 엮음, 『한국문단 이면사』, 깊은샘, 1999, 97-98면.

심한 결백증에다 체격이 갈비씨라 불릴 정도로 여위었지만 정신적 체질은 그 이상이었다"[98]라고 말할 정도로 예민한 신경의 소유자였던 채만식과는 늘 폭발 직전의 상태였다고 회고하고 있다. 사람 좋기로 자자하던 백철이 하루에도 서너 차례나 갑론을박 설전을 주고받았던 것을 보더라도 사사건건 옴니암니 따지기 좋아하던 채만식의 성정은 정말 까다롭고 바자위었던 모양이다. 원고 작성 습벽 또한 채만식의 그러한 성정을 증거하는 중요한 원군으로 기능한다.

> 얼마 전 안서를 만나 차를 마시면서 들은 이야긴데……
> 동인은 집필을 하려면 50매면 50매, 백 매면 백 매, 예정된 분량만큼 원고용지에다가 미리 넘버를 매겨놓고서 쓰기 시작한다고 한다. 그만큼 그는 단 한 장도 슬럼프를 내지 않는다는 것이다……
> 그런 이야기를 들으면서 일변 나를 생각하면 때로는 한숨이 나오기도 한다.
> 단편 하나의 첫장에(초고 것은 말고라도) 항용 이삼십 매쯤 버리기는 예사요, 최근에는 1백 30매짜리 「패배자의 무덤」에서 3백 20매의 슬럼프를 내어본 기록을 가졌다. 단 단면(單

---

98   김윤식, 『백철 연구』, 소명출판, 2008, 178면.

面) 1백 30매짜린데 양면(兩面) 3백 20매의 원고용지니 6백 40 매인 푼수다.

좀 거짓말을 보태면 원고료가 원고용지 값보다 적어서 밑지는 장사를 하는 적도 있을 지경이요, 사실 그 정갈한 원고용지가 보기에 부끄러울 때도 있다.(「지충」, 『채만식전집』10, 372-373면)

「패배자의 무덤」의 경우 실제 원고 분량의 다섯 배에 이를 정도로 파지를 내도록, 완전히 흡족할 때까지 원고를 퇴고하는 자신의 원고 작성 습벽을 진술하는 이 글에서 채만식의 완벽주의적 성향을 짐작하는 것은 그리 어렵지 않다. 더불어 과장의 혐의가 다분한 냉소적인 진술이기는 하지만, 원고료보다 원고용지 비용이 더 많이 들어 손해보는 장사라는 진술 또한 채만식의 까다로운 성정이나 기질을 엿볼 수 있는 좋은 참고가 되기에 조금도 부족함이 없다. 그리고 많은 작품을 통해서 추측할 수 있는 바와 같이 채만식은 냉소의 기운이 아주 강한 기질의 소유자이기도 했다.

현대의 냉소주의자는 사회에 통합된 반사회적 일탈자이며, 무의식적으로는 전혀 환상에 빠져 있지 않다는 점에서 어떤 히피와도 겨룰 만하다. 그는 자신의 심술궂고 또렷한 시선이 개인적 결함이나 사적으로 책임져야 할 비도덕적인 변덕이라고 생각하지 않는다. 본능적으로 그는 자신의 생존

채만식의 민족문학

방식이 사악함과 관련된 것이 아니라, 현실적으로 수준을 낮춘 집단적 관점에 관여하는 것으로 이해한다. 언제나 바보로만 살지 않겠다는 데 모든 주의를 기울이는 것이 계몽된 인간들에게 널리 퍼져 있는 일반적인 행동 방식이다. 심지어 거기에는 건강한 측면이 있는 것 같기도 하다. 일반적인 자기 보존 의지가 이를 증명하지 않는가. 그것은 바로 소박성의 시대가 지나갔다는 사실을 깨닫고 있는 사람들의 태도이다.[99]

냉소주의자는 바보가 아니다. 그들은 늘 만사의 궁극적 귀착점인 무(無)를 보기 때문이다. 그동안 그의 심리적 장치는 충분히 유연해져 생존 요소로서 자신의 활동에 대한 영구적 회의를 자기 내면에 설치했다. 그들은 자기들이 무엇을 하는지 알고 있다. 그러나 상황논리나 자기 보존의 욕망이 그렇게 해야 한다고 말하기 때문에 그렇게 행하는 것이다. 그들은 자신이 행하지 않으면 다른 이들이, 어쩌면 더 못난 사람들이 어차피 그렇게 할 것이라고 생각한다. 이렇게 새로이 통합된 냉소주의는 자신이 희생자이고 희생하고 있다고 생각하면서 스스로에게 이해심을 보인다. 그는 근면하게 동

---

99 페터 슬로터다이크, 이진우·박미애 옮김, 『냉소적 이성비판』1, 에코리브르, 2005, 46면.

참하는 담담한 겉모습 속에 상처받기 쉬운 불행, 눈물을 쏟고 싶은 욕망을 잔뜩 지니고 다닌다. 그 안에는 '잃어버린 순결'에 대한 슬픔, 즉 자신의 모든 행위와 작업의 궁극적 목표였던 좀더 좋은 지식에 대한 일말의 애도가 들어 있다.[100]

냉소는 부정적인 대상이나 현실에 대한 도저한 비판의식은 강해도 그것을 행동으로 옮길 만한 실천의지나 강단이 부족하거나 없는 사람들에게서 나타나는 전형적인 정동이다. 따라서 냉소가 강한 사람들의 경우 거의 대부분 적극적인 행동이나 실천을 통해 부정적인 대상이나 현실에 저항하거나 투쟁하지 않고 항상 뒷전에서 적당한 거리를 두고서 야유하고 조롱하는 방법에 그치고 마는 경우가 대부분이다. "우리가 주장하고 추구하는 모든 것이 궁극적으로는 아무런 의미가 없다는 것을 알면서도 그것을 주장하고 추구하는 게 냉소주의"[101]이기 때문에 냉소의 기운이 강한 사람들의 경우 어떤 일이든간에 전면에 나서서 적극적, 주도적으로 그 일을 도모하는 경우는 거의 없다.

게다가 "이성을 추구하면서 이성을 신뢰하지 않는"[102] 냉소주의자들의 경우 일제의 식민 당국이 내세운 식민주의 이데올로기

---

100   위의 책, 47면.
101   위의 책, 7면.
102   위의 책, 10면.

채만식의 민족문학

의 외설적 이면에 내재된 위선과 허구를 정확하게 간파했을 가능성이 아주 크다. 더욱이 채만식의 경우 상당히 심각한 수준의 신경증적 결벽증을 가지고 있을 정도로 깔끔 소심하고 양심적이었기에 친일과 같은 파렴치한 행위에 주도적으로 앞서서 할 수 있는 성격이나 기질의 소유자가 도저히 될 수는 없었다. 현실과 이상, 의식과 실천 사이의 괴리와 거리로 인한 자의식 과잉으로 야유와 풍자를 동반한 냉소의 길이 채만식이 현실적으로 선택할 할 수 있는 가능성의 최대치에 가까웠을 것이다. 한마디로 채만식은 존재와 세계 일반에 대한 냉소나 회의가 심한 기질에다 죄의식이 민감하게 발달했던 신경증의 소유자였다. 그러한 성정이나 기질의 채만식이었기에 자신의 개인적인 영달이나 양명을 위해 주도적으로 나서서 민족과 역사를 배반할 정도로 영악한 속물이나 얍삽한 위인은 못되었다. 자발성의 경우 또한 크게 다르지 않아 보인다.

1943년 2월 황해도로 강연을 간 것이 나로서는 아마 대일협력의 첫걸음이라고도 할 만한 것이었다……

그러거나 말거나 누웠고 나아가지 아니하였으면 그만일 것이었다. 나중이야 앙화가 와 닿겠지만 그 당장은 새끼로 목을 얽어 끌어내지는 못하였을 것이었다. 그러나 나는 내 발로 걸어나갔다. 영을 어기지 아니하여야만 미움을 받지 않고 일신이 안전하고 한 것을 알기 때문이었다……

나중 가서야 어찌 되었든 우선 당장은 나아가지 않더라

도 새끼로 목을 얽어 끌어내지는 아니할 것이며 누워서 배

길 수가 없잖아 있는 소위 미영격멸국민총궐기대회의 강연

을 피하지 않고서 내 발로 걸어나갔던 것은 그처럼 대일 협

력의 이윤이 어떻다는 것을 안 것이 있었기 때문이었다.(「민

족의 죄인」, 『레디메이드 인생』, 110, 125면)

채만식은 신경증적 결백증이 있을 정도의 깔끔한 성정의 소유
자답게 대일 협력의 나서게 된 당시의 심정이나 심리에 대해 솔
직하게 고백하고 있다. 그 고백을 통해 채만식은 일제 식민 권력
의 폭력에 저항할 만한 용기가 없었던 데다 대일협력을 통해 예
상되는 기대 이익 때문에 나서게 되었다는 자발성에 대해서는 어
느 정도 인정하고는 있다. 하지만 그 자발성은 완전한 자유의지
의 발로에 의한 차원에서 적극적으로 선택한 결과는 아니었다. 개
성 독서회 사건으로 인해 한달 보름 정도 개성경찰서의 유치장에
구금되어 있는 상태에서 조악한 식사와 열악한 잠자리, 그리고 물
리적인 폭력이 수반되는 취조와 심문 등에 의한 심리적 위축으로
인해 강요된 자발성의 성격이 강했다.

게다가 기대이익 또한 개인의 영달이나 출세와 같이 비루·천
박한 욕망에 의해 촉발된 게 아니라 가솔들의 부양 책임을 짊어진
자기 한 몸을 온전하게 보전하기 위한 '소극적 보신주의'의 차원에
서 이루어진 것이었다. 한마디로 '강요된 자발성'이었다고 판단하
는 게 사실에 근접한 해석이라고 생각한다. 이러한 맥락에서 "「민

족의 죄인」과 같은 작품을 진실한 기록이라고만 평가할 수는 없을 것이다. 그러나 그것은 동시에 위선과 거짓의 기록만도 아니다. 「민족의 죄인」에 묘사된 개성에서의 구금의 체험과 관련 사료 문서의 '정확한' 합치는 이 작품이 진실에 '관한' 기록임을 새롭게 확인하게 해준다. 이에 따르면 채만식의 "대일 협력" 행위는 '강요된 자발성'의 결과였다"[103]는 지적은 충분한 설득력을 지니고 있다.

자신의 작가적 가능성을 타진하는 문학청년의 거듭되는 간절한 요청에 대해 의례적인 격려나 지지의 말 한마디 에두르는 법 없이 거두절미 단도직입으로 응답하는 채만식의 태도 또한 그러한 지적의 설득력을 높이는 데 원군으로 기능한다.

C군.

문학을 버리고 전업을 하오…… 내가 아는 범위의 군은 역시 범인이오. 천재라야 닦으면 닦을수록 빛이 나는 법이지 범인은 아무리 애를 써도 그 애쓴 값으로 소성(小成)은 있을지언정 대성(大成)은 불가능하오. 무엇보다도 생리적으로 뇌세포의 조직이 다른걸! …… 허! 이 귀여운 야심가여! 가뜩이나 문단적으로 불우한 조선에 태어난 범재(凡才)군이 그러한 희망- 아니 야망을 품고 있음을 보매 진실로 처량한 생각

---

103   방민호, 「구금의 기억과 대일 협력 문제: 채만식의 경우」, 앞의 책, 416면.

이 드오……

　C군.

　문학을 버리오. 군 한 사람이 이미 손에 잡았던 문학을 버린댔자 세상은 왼눈도 깜짝하지 아니하오. 문단의 백이나 천의 범용작가보다도 한 사람의 천재 작가가 나오면 그만이오.'[104]

　'또 잔혹한 말을 할지도 모르는데 그런 것이 모두 인간적으로 군을 다정히 여기는 때문이라는 것을 짐작해주오'라는 전제를 전제하고는 있지만 자신을 사숙하는 문학청년의 타진에 채만식은 잔인하다 싶을 정도로 정확하게, 문학은 가능성이 없으니 아예 작파하고 다른 일을 하라고 권고하고 있다. 이러한 태도에서 확인할 수 있는 바와 같이, 채만식은 위선이나 가식, 의례적인 둔사나 엉너리, 교활한 양두구육이나 교언영색과는 거리가 멀어도 너무 먼 성격의 소유자였다. 또한 분식이나 허세를 통해 자신의 결점이나 허물을 포장하는 허영이나 테크놀로지에는 생래적인 거부감을 지닌 성격의 소유자이기도 하였다. 한마디로 무의식과 의식의 경계가 느슨하거나 의식으로의 진입 장벽이 허술한 노출증을 염려할 정도로 정직한 성정의 소유자였다. 이러한 성정의 소유자였기

104　채만식, 「하일잡초」, 『채만식전집』9, 창작과 비평사, 1989, 475-477면.

　　　　　　　　　　　　　　　　　　　　채만식의 민족문학

에 낮의 시국 강연회에서는 천황제 파시즘과 식민주의 이데올로기에 동조하는 연설을 하고 밤에 자신을 찾아온 젊은이들에게는 그와는 전혀 다른 정반대의 이야기를 하는 자신의 존재론적 분열을 '보기 싫은 양서동물'에 비유하는 채만식의 고백에 대해서는 조금도 인색할 필요가 없을 듯싶다. 따라서 "『여인전기』에 이르면 채만식의 친일 파시즘에의 경사가 한층 내면화되어 가고 있으며 또한 현재의 관점에서 과거의 역사를 통일적으로 바라보기 시작함으로써 자기완결적 성격을 갖추어 나가고 있음을 알 수 있다"[105]고 할 정도의 체계와 내적 논리를 갖추고 있는가에 대해서는 재고의 여지가 있어 보인다.[106]

"일반적인 맥락에서 자발성은 그 어떤 외부의 간섭이나 압력이 없는 자유로운 상태에서 주체의 신념이나 세계관에 바탕을 둔 자발적인 의지에 의해 이루어진 결정이나 선택을 의미한다. 그리고 내적 논리란 그러한 결정이나 선택을 매개로 개발한 논리적 체계와 일관성을 지닌 담론을 의미한다."[107] 하지만 '용맹하지도 못한 동시에 영리하지도 못한 나는 결국 본심도 아니면서 겉으로 복종이나 하는 용렬하고 나약한 지아비의 부류에 들고 만 것이었

---

105   김재용, 앞의 책, 111면.

106   이에 대한 논의에 대해서는 공종구, 「채만식 문학의 대일협력과 반성의 윤리」, 앞의 책, 298-301면 참조.

107   공종구, 「채만식 문학의 대일협력과 반성의 윤리」, 앞의 책, 298면.

다'[108]는 채만식의 진술을 존중할 때 그의 대일 협력 행위는 결코 분명한 신념이나 소신을 가지고서 자발적으로 선택한 행위가 아니었음을 알 수 있다. 그러한 판단은 무엇보다 채만식을 친일문인으로 규정하는 데 중심 역할을 했었던 문학단체인 〈민족문학〉작가회의의 이사장을 역임했던 최원식과 염무웅의 다음과 같은 진술을 보더라도 터무니없는 억측이나 논리의 비약 또는 견강부회는 아니라고 생각한다.

> 요컨대 친일문인 42인의 명단은 재검토에 붙이는 것이 좋겠다. 친일에 나선 행위나 글의 수량보다는 신념 여부 또는 그 질이 친일문인 판정에 더욱 중요한 것인데, 명단 가운데는 선뜻 동의하기 어려운 경우가 적지 않다. 채만식은 대표적일 것이다. 그는 분명 일제 말 친일행각에 글과 강연으로 가담했다……우리는 그가 '신체제'와 대결하는 내적 고투에까지 이르지 못했다고 비판할 수는 있어도, 그에 온몸으로 투항했다고 비난할 수는 없을 것이다. 더구나 그는 해방 직후, 유일하게 자신의 친일을 고백함으로써 친일문제를 공론에 붙였다.[109]

---

108 채만식, 「민족의 죄인」, 『레디메이드 인생』, 문학과 지성사, 2008, 126면.
109 최원식, 「친일문제에 접근하는 다른 길」, 『창작과 비평』, 2006년 겨울, 373-374면.

그런데 여기서 우리의 주목을 끄는 것은 그가 일제 말 친
일문인의 대열에 끼게 된 사실이다. 이것은 지금까지 살펴
보았듯이 그의 문학적 지향과도 거리가 멀고 그의 개인적
인 성향에도 맞지 않는 일이었다. 친일이든 그와 반대되는
것이든 그는 일체의 집단적인 행동을 기피하고 불신해왔던
것이다……그러나 이러한 행각은 그의 체질에도 맞지 않았
을뿐더러 그의 예민한 신경으로 견딜 수 있는 것도 아니었
다.[110]

글의 기저에 채만식에 대한 이해와 공감을 주조로 하고 있는
인용문에서 최원식은 친일문인으로 등재된 42명의 명단 가운데
채만식은 선뜻 동의하기 어려운 대표적인 문인이라는 의견을 피
력하고 있다. 염무웅 또한 집단주의 정서나 행동을 병적으로 기휘
했던 개인적 기질과 성향, 그리고 등단 이후 일관되게 추구했던
문학적인 지향으로 볼 때 채만식은 친일과는 맞지 않는 문인이었
다는 의견을 밝히고 있다.

채만식을 친일문인으로 규정하거나 재단하는 것에 재고를 피
력하는 두 사람의 의견은 무시할 수 없는 무게를 지닌다. 이 두 평
론가 모두 친일문학의 공론화 작업에 중심 역할을 담당했던 (민족

110　염무웅, 「식민지 민족현실과의 대결」, 앞의 책, 214-216면.

문학)작가회의 이사장을 역임했던 데다가 활발한 현장 비평과 연구 활동을 통해 민족문학의 담론장에서 적지 않은 이론적인 지분을 확보하고 있기 때문이다. 더욱이 『민족문학의 논리』, 『생산적 대화를 위하여』, 『제국 이후의 동아시아』 등의 저술을 통하여 '민족문학론'과 '동아시아론'에서 뚜렷한 성취의 족적을 남기고 있는 최원식은, 해방 직후 유일하게 자신의 친일을 고백함으로써 친일 문제를 공론에 부친 채만식의 역할에 대해서도 정당한 평가를 내리고 있다. 현재의 시점에서 보더라도 민족문학 작가회의나 민족문제연구소가 중심이 되어 수행했던 친일 문제의 공론화 작업이 지니는 역사적 의의나 의미는 충분히 평가받아 마땅하다. 하지만 2000년대 초·중반에 진행되었던 일제 강점기의 친일 문인 규정 작업 과정은 친일파의 역사적 청산과 심판에 대한 사회 일반의 여론이 질풍노도와 같은 기세로 확산되던 당시의 시대적 분위기로부터 완전히 자유롭지 않았던 것은 부인할 수 없는 사실이기도 하다.

5.4 참회의 기록

채만식의 대일 협력 행위를 변호할 만한 마지막 요인으로 들 수 있는 것은 자신의 대일 협력 행위에 대한 참회의 기록을 남긴 거의 유일한 문인이라는 점이다. 일제 말기 신체제기에 대일협력의 길로 들어선 문인들은 적지 않았다. 하지만 '씻어도 깎아도 지워지지 않는 영원한 죄의 표지, 나의 두 다리에 신겨진 불멸의 고무장화'와 같은 통절한 비유를 동원하고 있는 「민족의 죄인」이라는 작품을 통해 자신의 대일협력 행위에 대한 참회록을 남기고 있는 작가는 채만식이 거의 유일하다. 「민족의 죄인」 이전에도 채만식은 자신의 대일 협력 행위에 대해 어떤 형태로든 민족과 역사 앞에 용서를 구하는 사죄의 절차를 밟으려고 했던 것으로 보인다.

> 요새 난 절절한 생각인데 사람이 어떤 사회적인 죄랄지 과오를 범했을지면 고즈너기 일정한 형식을 통해서 공공연하게 작죄의 경위를 밝히구 죄에 상당한 증계를 받구 그래야만 떳떳하구 속두 후련한 법이지, 걸 불문(不問)을 당하구서 남의 뒷손꾸락질만 받구 살아야 한다는 것은 견델 수 없는 불쾌요 고통이요 슬픔이요 한 거야. 마침 몸에서 고약한 체취(體臭)가 나는 사람이 늘 마음에 남의 앞에 나가면 남들이 돌려세워놓구 얼굴을 찡기리구 코를 쥐구 하려니 우울해하구 비관하구 해야 하는 것처럼(「역로」, 채만식전집』8, 277면)

「민족의 죄인」을 탈고하는 시점과 거의 같은 무렵인 1946년 6월 『신문학』에 발표한 「역로」의 한 구절이다. 이 문면에서 드러나는, 일제 말기 신체제기에 현실과 타협하고서 이루어진 자신의 대일협력 행위에 대한 자기 검열은 수시로 출몰하면서 채만식의 내면을 점령하였을 것이다. 채만식처럼 죄의식이 아주 민감하게 발달한 성정이나 기질의 소유자에게 일제 말기의 신체제기에 이루어진 대일 협력 행위는 극한의 죄의식을 자극하는 고통이었을 것이기 때문이다. 그러한 성정과 기질의 소유자였던 채만식이었기에 해방을 맞이하여 다시 '민족'을 화두로 작가적 재출발을 다짐하기에 앞서 민족과 역사의 기대를 저버린 자신의 대일협력 행위에 대한 고해성사 차원의 속죄의식은 어떤 형식으로든 반드시 필요하다고 생각했던 것으로 보인다. 이러한 속죄의식에서 촉발되어 발표한 「민족의 죄인」은 역사와 민족의 제단에 바치는 채만식의 고해성사이자 일제의 식민 지배로부터 벗어난 해방정국을 맞이하여 진정한 민족문학에 맥진하겠다는 출사표의 의미를 지닌다.[111] 무려 2년 6개월이나 시차가 나는 탈고 일자와 발표 일자의 차이를 미루어 짐작할 때 이 작품의 집필과 발표는 극도의 감정 노동과 신경소모를 강요하는 엄청난 강도의 마음의 지옥을 감당하면서 이루어진 것으로 보인다. 따라서 이 작품을 통해서 드러내고자 했던 채만식의 속죄의식의 진정성에 대해서는 인색할 필요가 조금도 없을 듯하다.

다시 한번 반복하도록 하자. 일제 강점기와 해방공간의 조선 문단에 그가 남긴 빼어난 문학적 성취 이외에 오늘날 우리들이

---

111 이에 대한 구체적인 논의에 대해서는 공종구, 「채만식 문학의 대일 협력과 반성의 윤리」, 앞의 책, 311-317면 참조.

채만식을 기억해야 하는 다른 이유는 그의 대일 협력 행위의 성격과 대일 협력 이후 그가 보여준 참회 때문이다. 그가 남긴 많은 글들과 그를 가까이에서 관찰한 주변 사람들의 기록에 의하면 채만식은 매우 정직하고 예민했던 지성이었다. 결코 원치 않았던 대일 협력의 수렁으로 빠져들어가는 과정에서 실존의 근저를 무너뜨릴 정도로 극심한 마음의 지옥을 핍진하게 반영하고 있는 「소망」이나 「패배자의 무덤」같은 작품을 보더라도 그러한 판단은 조금도 과장이 아니다. 더욱이 「민족의 죄인」에도 나와 있는 바와 같이 그의 대일 협력 행위는 입신영달이나 권력 추구와는 조금도 관계가 없고 애오라지 극도의 가난과 병고를 감당하는 과정에서 강요당한 소극적 보신주의의 차원에서 이루어진 것으로 보아야 하는 것이 온당하다고 생각한다. '1942년 12월 말경 이석훈이 단장이 된 시찰단의 일원으로 이무영·정인택·정비석 등과 함께 만주에 갔을 때 채만식은 (다른 작가들과는 달리)웃지도 않고 말도 없이 묵묵히 따라다니기만 했다고 한다'[112]는 안수길의 회고를 보더라도 그러한 판단은 충분한 설득력을 지닌다.

우리는 어느 누구랄 것 없이 부모를 선택해서 태어날 수 있는 사람은 아무도 없다. 그리고 마찬가지로 자신이 태어나고 싶은 시대를 선택해서 태어날 수 있는 사람 또한 아무도 없다. 그런 점에

112 　염무웅, 앞의 책, 216면 참조.

서 우리 모두는 이 세상에 우연처럼 던져진 피투된 존재, 탄생 자체가 부조리한 존재일 수밖에 없다. 친일을 포함한 과거의 역사에 대한 평가엔 당연히 분명한 원칙과 역사의식은 반드시 필요하다고 생각한다. 하지만 못지않게 인간존재와 역사에 대한 좀 더 겸손한 태도 또한 필요하리라 생각한다. 이러한 맥락에서 채만식은 거의 유일하게, 자신의 친일행위에 대해 공식적인 문자행위를 통한 참회록을 남긴 문인이라는 점에 대한 평가에 대해서는 조금도 인색할 필요가 없다고 생각한다. 이와 관련해서 민주주의 민족전선에서 제시하고 있는 다음 원칙은 유의미한 준거로 참고할 만한 가치가 있어 보인다.

> 이러한 부류에 속하는 자로서 과거의 죄과를 엄정하게 자기비판하고 근신하는 태도로서 청산의 과정을 실천하며 나아가서 민주주의 건국을 위하여 애국의 지성으로 소지의 학식·기술·능력을 모두 바친다면, 우리는 이것을 환영할 아량을 가지고 이러한 부류까지도 신건설의 일요소로 활용시켜야 할 것이다.[113]

이 문면은 앞서 소개한 바 있는 민주주의 민족전선에서 제시

---

113 친일인명사전 기획위원회, 「친일파의 범주와 행태」, 앞의 책, 264면.

한 세 가지 원칙 가운데 세 번째 항목에 속하는 조항이다. 이른바 친일파의 처리 문제에 대한 원칙이나 기준을 제시하는 이 조항에서 강조하는 것은 과거 친일 행적에 대한 엄정한 자기 비판과 반성의 유무이다. 엄정한 자기 비판과 반성이 뒤따르는 경우 환영할 아량을 가지고서 새로운 국가 건설의 소중한 자원으로 활용할 필요가 있다는 지침이 이 조항의 핵심 고갱이다. 이는 「민족의 죄인」에서 뼈를 깎는 참회의 심정으로 고백하고 있는 반성의 윤리와 함께 새로운 민족문학 건설의 도정에 나서고자 하는 다짐을 보이고 있는 채만식의 경우에 정확하게 해당한다. 일제 말기 신체제기에 이루어진 통탄스러울 정도로 안타까운 그의 대일 협력 행위에도 불구하고 그를 기억해야만 하는 이유이다.

6. 나오는 글

이 글은 채만식 문학의 정당한 이해와 평가를 가로막고 있는 친일문학·친일문인이라는 프레임의 각도와 강도를 조정 또는 완화해보고자 하는 동기와 의도를 가지고서 출발했다. 채만식과 그의 문학이 과도하게 짊어지고 있는 친일의 족쇄와 굴레, 그리고 오명과 낙인의 프레임이 그의 문학에 대한 정당하고도 온당한 평가와 이해를 가로막는 결정적인 장애로 작용하고 있다는 판단에 서였다.

일제 강점기 전향의 역사에서 '대량 전향의 시기'로 불릴 정도로 결정적인 변곡점을 형성하는 중일전쟁 이후 식민지 조선의 문인이나 지식인들은 하나둘씩 친일의 길로 들어서게 된다. 안타깝게도 채만식 또한 「나의 '꽃과 병정'」(1940.7)이후부터 대일 협력의 길로 들어서게 된다.

　　일제 강점기 친일 문제와 관련하여 채만식만큼 갑론을박의 대상이 된 문인은 드물 것이다. 두 가지 이유 때문이라고 생각한다. 하나는 일제 말기 신체제기에 이루어진 채만식의 대일 협력의 글과 그 시기를 제외하고 등단 이후 그가 영면하는 마지막 순간까지 일관성과 객관적인 법칙성을 가지고서 진력으로 실천해온 민족문학 사이의 거리나 괴리 때문이다. 대일협력의 글과 민족문학 사이의 거리나 괴리는 단층에 가까울 정도로, 아니 선명한 단층을 형성할 정도로 멀고도 크다. 어느 정도인가 하면 도저히 한 작가의 글이라고는 믿기지 않을 정도이다. 다른 하나는 해방을 맞이하여 민족문학 작가로서의 새로운 각오와 출발을 다짐하기에 앞서 민족과 역사의 제단에 바치는 참회의 기록으로 생각하고 발표한 「민족의 죄인」이 야기한 파장 때문이다. 인간지사 새옹지마, 「민족의 죄인」은 채만식의 바람이나 기대와는 달리 그 진정성을 인정받기는커녕 숱한 논란의 빌미가 되면서 오히려 그의 친일 문제를 더욱 고약한 방향으로 증폭시키는 아이러니한 결과를 가져온다.

　　이 글에서 나는 가능한 한 「민족의 죄인」을 비롯한 그의 글을 공감과 이해의 관점에서 접근하고자 했다. 그러한 관점에서 이 글은 채만식처럼 예민하고 깔끔했던 문인이, 야만의 광기가 식민지 조선의 일상을 지배하는 폭력적인 현실에서 오랜 기간 화불단행으로 지속되는 극심한 가난과 병고가 중첩되면서 결코 원하지 않았던 대일 협력의 길로 들어서는 과정에서 감당해야만 했던 내면의 분열과 마음의 지옥이 연출되던 실존의 정황이나 처지를 가능한 한 십분 고려하고 존중하고자 했다.

아무튼 채만식은 군국주의와 천황제 파시즘의 광기와 폭력이 식민지 조선의 전 영역을 지배하던 일제 말기 신체제기의 현실과 타협하면서 대일 협력의 길로 들어선다. 부인할 수 없는 명백한 사실이다. 그것은 누구보다 본인이 먼저 인정하고 고백하고 있는 바이다. 그 부분에 대해서는 재론이나 이론의 여지가 전혀 없어 보인다. 하지만 친일문인으로 등재된 42명의 명단 가운데 채만식은 선뜻 동의하기 어려운 대표적인 문인이라는 최원식의 주장이 아니더라도 친일과 관련하여 채만식이 짊어지고 있는 족쇄나 굴레는 과도해 보인다. 따라서 채만식의 문학적 정체성을 친일문학인 것처럼 일방적으로 매도하거나 비난하는 일, 그리고 친일문학이라는 족쇄나 굴레에 속박되어 그의 문학이 정당한 평가를 받지 못하는 일 등은 온당한 처사가 아니라고 생각한다. 그러한 판단은 지금까지의 논의를 통해서 밝힌바, 등단 이후 작가적 화두의 차원에서 맥진해 온 비판적 리얼리즘에 기초한 민족문학의 실천, 깔끔바자위었던 데다 냉소의 기운 또한 강했던 그의 성정이나 기질, 한때 허무의 독한 기운에 감염되어 잠깐 흔들린 적이 있기는 했지만 올바른 방향으로 역사를 추동해나가는 문학의 힘에 대한 낙관적인 기대를 포기한 적이 없었던 문학관과 그에 바탕한 명민한 역사의식, 백척간두의 형국이 조금도 과장이 아닐 정도의 악전고투가 계속되었던 당시 그가 처한 실존의 처지나 정황, 그리고 자신의 대일 협력 행위에 대해 참회의 기록을 남기고 있는 거의 유일한 경우 등으로 볼 때 터무니없는 과장이나 억측 또는 견강부회는 전혀 아니라고 생각한다.

마지막으로 채만식의 대일 협력 행위에 대한 이 글의 문제의식을 공유하고 있다고 판단되는 글들을 같이 소개하는 것으로 이 글의 기나긴 여정을 매조지고자 한다.

채만식 선생은 자신의 성격이나 기질을 '신경질 제 3기'로 규정할 정도로 깔끔하고 예민하고 정직했던 지성이었습니다. 그러한 그가 자신의 정체성과는 정면에서 충돌하는 '대일 협력'이라는 역사의 과오를 범했습니다. 그 부분에 대해서는 「민족의 죄인」이라는 작품에서 '용맹하지도 못한 동시에 영리하지도 못한 나는 결국 본심도 아니면서 겉으로 복종이나 하는 용렬하고 나약한 지아비의 부류', '씻어도 깎아도 지워지지 않는 영원한 죄의 표지' 등과 같은 고백을 통하여 본인 스스로도 인정하고 있습니다. 더불어 채만식 선생은 그 작품에서 자신의 역사적 과오에 대한 이해와 용서를 구하는 참회의 기록을 남기고도 있습니다. 자신의 잘못이나

채만식의 민족문학

과오를 정직하게 고백하는 데는 적지 않은 용기가 필요합니다. 그런 점에서 당시 채만식 선생의 내면을 거의 그대로 토로하고 있는 이 고백에 대해서는 인색할 필요가 전혀 없다고 생각합니다. 대일 협력을 한 식민지 조선의 지식인들 가운데 채만식 선생처럼 자신의 역사적 과오에 대해서 정직한 참회의 기록을 남긴 사람은 제가 알기로는 많지 않습니다. 그러한 채만식 선생을 마치 대표적인 친일 문인인 것처럼 비난하고 매도하는 일은 한 개인은 물론이고 역사에 대해서도 예의는 아니라고 생각합니다. 우리들은 부모들을 선택해서 태어날 수도 없지만 시대를 선택해서 태어날 수도 없는 것 아니겠습니까.[114]

진정으로 민족적 작가로서의 자기 반성과 그에 준한 자기 처벌의 의지를 내면화한 작품, 일제 식민지 시대를 마감하고 새로운 민족국가 세우기에 나서면서 누구도, 그리고 어떤 작품도, 이처럼 전면적으로 자신의 민족적 죄상을 밝히고 그 업보를 수용함으로써 '민족문학'을 정화하고자 한 경우가 없었다. 천하가 다 아는 친일 작가, 친일 문인의 존재가 수다했음에도 불구하고, 아무도(채만식처럼) 반성의 제단을 차린 다

---

114   공종구, 「매거진 군산」 인터뷰, 48권, 2015.3.

음 민족문학의 수립에 헌신하고자 한 경우가 없었다.[115]

엄격히 말해서 일제 말기 국내 거주자치고 친일에서 완전
히 자유로운 사람은 없습니다. 일제 말기를 경험해본 세대이
기 때문에 이런 말을 할 수 있다고 생각합니다. 막연히 오늘의
시점에서 상상만 해가지고는 당대를 이해할 수 없습니다.[116]

작가적 양심에 괴로워하면서도 그럼에도 그런 종류의 글
을 발표하지 않을 수 없는 곤경에 대한 연민으로부터 되도
록 옹호적으로 독해하는 자세가 절실하다.[117]

"흠 없는 영혼이 어디 있으랴"고 랭보는 노래했다. 삶 경
험이 얕은 젊은이들이 친일파 규탄에 열을 올리는 것은 이
해할 수 있다. 그러나 산전수전 다 겪어서 알 만한 흠집투성
이의 늙은 혼백들이 그러는 것을 보면 솔직히 인간에 대해

---

115 한형구, 「작가의 존재와 자기 처벌, 혹은 대속」, 군산대학교 채만식연구
센터 편, 『채만식 중·장편 소설연구』, 소명출판, 303면, 279-280면.

116 유종호, 『문학은 끝났는가』, 세창출판사, 2015, 269면.

117 유종호, 「친일시에 대한 소견」, 『시인세계』, 206년 봄호, 28-34면, 최원식,
「친일문제에 접근하는 다른 길」, 『창작과 비평』134, 206년 겨울, 372면에
서 재인용.

서 절망을 느낀다.[118]

　사람은 그가 아무리 성인의 반열에 오른 인격자라도 숨겨진 인간적인 흠결도 있게 마련이다. 그러기에 사람인 것이다. 결점만을 집요하게 파면 전체로서의 인간 자체를 놓칠 수 있다'는 게 제 기본 생각입니다. 저는 친일 문제도 그런 관점에서 보고 이해하려 합니다. 그래서 오해를 사기도 하지만 제 생각은 양보하고 싶지 않습니다.[119]

118　유종호, 「안개 속의 길」, 『문학과 사회』 2005년 겨울, 352면.
119　권성우, 「리얼리즘의 기품과 아름다움」, 『비평의 고독』, 소명출판, 2016, 231면.

채만식의 『탁류』에 나타난 군산의 지정학

채만식의 『탁류』에 나타난 군산의 지정학

1. 들어가는 글

채만식(1902-1950)은 1924년 「세 길로」(『조선문단』, 1924.12)를 통해 식민지 조선 문단의 공식적인 시민권을 확보하게 된다. 이후 채만식은 자신의 작가적 정체성의 담론 표지로 보편적인 승인을 받고 있는 풍자와 야유를 통해 식민지 조선의 현실에 대한 치열한 대결의식을 보여준다. 그러한 작업을 통해 채만식은 1930년대 식민지 조선의 문단 지형에서 돌올한 개성적인 봉우리를 구축한다. 그러한 작가적 비중에 상응하여 채만식의 문학에 대해서는 그 동안 숱한 논의가 이루어져 왔다. 특히, 채만식의 작가적 정체성을 대표하는 『탁류』(『조선일보』, 1937.10.12-1938.5.17, 198회 연재)에 대해서는 그 작품의 위상에 걸맞게 다른 작품들을 압도할 정도로 많은 논의가 이루어진 바 있다. 구체적으로 당대 식민지 조선 비평 담론의 자장에서 최고의 권위를 인정받고 있던 임화의 「세태소설론」과 그에 대한 비판적인 화답으로 제출한 김남천의 「세태·

풍속·묘사 기타」[1]를 필두로 『탁류』에 대한 논의는 반복적인 변주의 양상을 보이면서 지속적으로 이루어져 왔다. 한마디로 『탁류』는 채만식의 작가론을 작성하는 작업에서는 반드시 거론해야만 할 정도로 채만식의 문학 지형에서 그 작품이 차지하는 비중이나 위상은 압도적이다.

다른 작품을 압도할 정도로 많은 기존의 『탁류』 연구는 크게 세 유형으로 범주화할 수 있다. 양적인 차원에서 가장 많은 비중을 차지하는 연구는 이 작품의 서사 주체로 기능하는 초봉이의 인생유전과 수난에 초점을 맞추어서 논의를 전개하고 있는 성과들이다. 가부장의 전제적 권력에 기초한 전통적인 가족제도의 폭력과 억압을 심문하고자 하는 문제의식에서 출발하는 이 계열의 논의를 대표하는 성과로는 방민호의 『채만식과 조선적 근대문학의 구상』[2]과 한지현의 「『탁류』의 여성의식 연구」[3]를 들 수 있다. 이 계열의 연구 못지않게 많은 비중을 차지하고 있는 논의로는 미두장을 매개로 한 초봉이의 아버지 정주사 및 고태수와 장형보의 몰락과 파멸에 초점을 맞추어서 논의를 전개하고 있는 성과들이다. 이윤 추구를 궁극적인 목적으로 하는 자본의 논리가

---

1   김남천. 「세태·풍속 묘사 기타」, 『비판』제62호, 1938.5.

2   방민호. 『채만식과 조선적 근대문학의 구상』. 소명출판, 2001.

3   한지현, 「『탁류』의 여성의식 연구」, 한국민족문화연구소, 『한민족문화연구』6, 2000,6.

본격적으로 터를 잡아가는 1930년대 식민지 조선의 식민지 근대
(자본주의)의 실체를 심문하고자 하는 문제의식에서 출발하고 있
는 이 계열의 논의를 대표하는 성과로는 홍이섭의 「채만식의 『탁
류』」[4]와 한수영의 「하바꾼에서 황금광까지: 식민지사회의 투기
열풍과 채만식의 소설」[5]을 들 수 있다. 이 두 계열의 논의를 유
기적으로 통합하고자 하는 문제의식에서 출발하는 연구로는 공
종구의 「『탁류』에 나타난 가족과 자본」[6]을 들 수 있다. 양적인
차원에서는 이 두 계열의 연구 성과들에는 미치지 못하지만 최
근 들어 『탁류』 연구의 새로운 활로를 개척하고 있는 논의로는
이 작품의 공간적인 배경으로 기능하는 군산의 장소나 공간에 주
목하는 연구들이다. 이 계열의 논의를 대표하는 성과들로는 변화
영의 「소설 『탁류』에 나타난 군산의 식민지 근대성」[7], 임명진의
「채만식 『탁류』의 장소에 관한 일 고찰」[8], 그리고 박철웅의 「채

4 홍이섭, 「채만식의 『탁류』」, 김윤식 편, 『채만식』, 문학과 지성사, 1984.

5 한수영, 「하바꾼에서 황금광까지: 식민지사회의 투기 열풍과 채만식의
   소설」, 『친일문학의 재인식』, 소명출판, 2005.

6 공종구, 「『탁류』에 나타난 가족과 자본」, 한국현대소설학회, 『현대소설
   연구』53, 2013.8.

7 변화영, 「소설 『탁류』에 나타난 군산의 식민지 근대성」, 역사문화학회,
   『지방사와 지방문화』, 2004.5.

8 임명진, 「채만식 『탁류』의 장소에 관한 일 고찰」, 현대문학이론학회, 『현
   대문학이론연구』59, 2014.12.

만식 소설 『탁류』의 장소성에 관한 연구」[9] 등을 들 수 있다.

연구사 검토를 통해서 확인할 수 있는 바와 같이, 『탁류』에 대해서는 작품 발표 당시에 이루어진 임화와 김남천의 관심을 시작으로 세 차원과 방향에서 전개된 논의만으로도 한 편의 논문을 작성해도 될 정도로 많은 성과들이 제출된 바가 있다. 그럼에도 불구하고 이 글은 『탁류』에 대해서 다시 논의하고자 한다. 자칫 동어반복의 혐의를 무릅써야 할 수도 있는 이 작품에 대해 다시 논의를 시작하고자 하는 이유는 과연 무엇인가? 그것은 다름 아닌 이 작품의 공간으로 기능하는 1930년대 군산의 공간적인 표상을 탐색하고 천착하기 위한 문제의식 때문이다. 그 제목들에서 선명하게 드러나는 바와 같이 이 작품의 공간이나 장소에 대한 논의는 세 번째 계열의 기존 논의들에서 본격적으로 다루어지고는 있다. 이 글 또한 그 계열에 속하는 논의들의 영향으로부터 결코 자유롭지 않은 것은 부인할 수 없는 사실이다. 하지만 공간이나 장소성의 의미 탐색에 초점을 맞춘 기존 논의들과는 달리 이 글은 궁극적으로 그러한 공간이나 장소의 탐색을 통해 1930년대 군산, 그리고 더 나아가서는 당대의 식민지 조선에 대한 채만식의 작가의식을 규명해보고자 한다. 그러니까 이 글은 구체적으로 『탁류』에 나타난 군산의 공간 표상을 통하여 1930년대 군산과 식

---

9 박철웅, 「채만식 소설 『탁류』의 장소성에 관한 연구」, 한국지리학회, 『한국지리학회지』10권 2호, 2021.

민지 조선의 지정학[10]을 작성하고자 하는 문제의식과 목적을 가지고서 출발한다.

2. 극단적인 대비의 공간적 위계와 차이

본격적인 논의에 앞서 이 글의 키워드로 기능하는 '공간'과 '장소'에 대한 개념을 정리하는 작업을 먼저 하는 게 순서일 듯하다. 이 둘 사이의 개념적 위계와 관계에 대해 이-푸 투안은 다음과 같이 명료하게 정리하고 있다.

> 공간과 장소의 경계 : 경험적으로 공간의 의미는 종종 장소의 의미와 융합된다. '공간'은 '장소'보다 추상적이다. 무차별적인 공간에서 출발하여 우리가 공간을 더 잘 알게 되고 공간에 가치를 부여하게 됨에 따라 공간은 장소가 된다. 건축가들은 장소의 공간적 성질에 대해 말한다. 마찬가지로

---

10 국제관계학과 정치지리학(Political geography)의 한 갈래인 지정학(地政學, Geopolitics)은 주권을 가진 각 국가 세력의 지리적 분포가 국제 정치, 경제, 안보 등에 미치는 영향을 거시적인 관점에서 연구하는 것을 목표로 한다. 이 글에서는 지정학의 범주를 축소하여 『탁류』에 나타난 공간 표상이나 장소성의 분석을 통하여 1930년대 군산의 사회·경제적 역학의 자장을 탐색하는 작업의 의미로 한정하고자 한다.

그들은 공간의 입지적(장소)성질에 대해 훌륭하게 이야기할 수 있다. '공간'과 '장소'의 개념을 정의하려면 서로를 필요로 한다. 우리는 장소의 안전, 안정과 구분되는 공간의 개방성, 자유, 위협을 알고 있으며 그 역 또한 알고 있다. 나아가 우리가 공간을 움직임이 일어나는 곳이라 생각한다면 장소는 정지(멈춤)이다. 움직임 속에서 정지할 때마다 입지는 장소로 변할 수 있다.[11]

문면에서 확인할 수 있는 바와 같이 이-푸 투안은 공간과 장소 개념의 존재론적 상호 구속성을 전제하면서도 그 차이를 비교적 명료하게 설명하고 있다. 그에 의하면 공간은 장소에 비해 상대적으로 역동적이며 추상적인 속성을 지니고 있다. 공간이 개별적인 주체들 사이에 의미 있는 정서적 반응이나 의미의 차이를 만들어 내지 못하는 것은 바로 공간의 그러한 속성 때문이다. 그 반면 단순히 추상적인 물리적인 실체의 의미를 크게 벗어나지 못하는 공간에 한 개인만의 고유한 경험을 통한 실존적인 의미를 부여하는 과정에서 형성된 그 개인 고유의 특정한 정서나 역사를 지니게 되는 대상이 장소라는 것이다. 한마디로, 공간이 특정 개인에게 특별한 정서나 의미를 지니지 못하는 데 비해 장소는 바로 그 특

---

11   이-푸 투안/구동회·심승희 옮김, 『공간과 장소』, 대윤, 2011, 19-20면.

별한 정서나 역사를 지닌다는 것이다.

이 글에서는 '추상적인 역동성/개별적인 안정성'이라는, 공간과 장소에 대한 투안의 개념적 위계와 관계를 부분적으로 공유하기는 한다. 하지만 이 글은 『탁류』에 나타난 군산의 공간 표상과 장소 분석을 통하여 1930년대 군산과 식민지 조선의 지정학을 탐색해보고자 하는 목적을 위해 물리적 범주의 차원에서 공간과 장소의 위계와 관계를 정리하고자 한다. 구체적으로 이 글에서는 공간을, 장소들을 포괄하는 한편 장소들이 위치하고 있는 물리적인 지점이나 행정 구역으로 규정하고자 한다. 따라서 장소는 공간에 포괄되는 건물이나 도로 등과 같은 물리적 실체를 지칭하는 개념으로 규정하고자 한다.

일제 강점기의 북촌과 남촌, 그리고 현재 서울의 강남과 강북의 공간적인 위계에서 확인할 수 있는 바와 같이, 공간이나 장소는 단순히 물리적인 위치나 지명에 불과한 가치중립적인 대상이 아니다. '인간의 상호작용은 다양한 사회적 의미를 지닌 특정한 공간 속에서 위치하며 하나의 장소는 권력의 사회적 관계에 의해 구성되어 의미가 부여되기 때문에 공간이나 장소는 상징적이고 권력 투영적인 특성'[12]을 지니기 때문이다. 소설에서 사사의 진행이 전개되는 공간이나 장소 또한 크게 다르지가 않다. 단순히 서

---

12 크리스 바커/이경숙·정영희 옮김, 『문화연구사전』, 커뮤니케이션북스, 2009, 19-20, 265-266면 참조.

사의 물리적인 배경으로만 기능하는 공간이나 장소가 전혀 없는 것은 아니지만 거의 대부분의 소설에서 공간이나 장소는 단순한 물리적인 배경의 차원을 넘어 한 작품의 주제를 암시하거나 인물들 간의 권력 관계를 반영한다. 따라서 한 텍스트의 공간이나 장소의 표상을 분석하고 탐색하는 작업이 지니는 의미는 단순히 물리적 실체로서의 공간이나 장소 분석에 국한되지는 않는다. 특히 『탁류』와 같이 "현지조사를 바탕으로 한 소설 텍스트에는 정치·경제·사회적인 여건은 물론, 가족관계나 신분제도, 주거공간이나 교육의 변화 등을 알 수 있는 수많은 정보들이 그물망처럼 얽혀 있어 문화자료의 보고"[13]로 기능할 수 있는 것도 그러한 맥락에서이다. 사정이 그러하다면 텍스트 분석을 통해 군산의 공간 표상과 장소는 어떤 양상으로 드러나며 그러한 설정을 통해 채만식이 의도하고자 했던 바는 무엇이었는가를 살펴보도록 하자.

이렇게 에두르고 휘돌아 흘러온 물이, 마침내 황해黃海 바다에다가 깨어진 꿈이고 무엇이고 탁류째 얼러 좌르르 쏟아져버리면서 강은 다하고, 강이 다하는 남쪽 언덕으로 대처大處(市街地)하나가 올라앉았다.
이것이 군산群山이라는 항구요, 이야기는 예서부터 실마

13 변화영, 「소설과 민족지의 경계 넘기: 『탁류』의 경우」, 한국문화인류학회, 『한국문화인류학』37-1, 2004, 73면.

리가 풀린다.

그러나 항구라서 하룻밤 맺은 정을 떼치고 간다는 마도로스의 정담이나, 정든 사람을 태우고 멀리 떠나는 배 꽁무니에 물결만 남은 바다를 바라보면서 갈매기로 더불어 운다는 여인네의 그런 슬퍼도 달코롬한 이야기는 못된다.

벗어부치고 농사면 농사, 노동이면 노동을 해먹고 사는 사람들과 마찬가지로, '오늘'이 아득하기는 일반이로되, 그러나 그런 사람들과도 또 달라 '명일明日'이 없는 사람들……이런 사람들은 어디고 수두룩해서 이곳에도 많이 있다.(『탁류』, 24-25면)[14]

이 문면은 이 작품의 도입부 장면으로 서사가 출발하는 공간적인 배경에 대한 묘사를 제시하고 있다. 공간적인 배경 묘사로 작품의 서사를 출발하는 방식은 특별하지도 않고 따라서 매우 일반적이다. 하지만 이 작품의 도입부는 그러한 일반론의 서사 문법이나 자장을 훌쩍 넘어선다. 왜 그러한가? 이 작품에서의 군산에 대한 공간 묘사는 단순히 공간에 대한 평면적인 묘사나 설명 수준을 넘어 이 작품의 주제를 암시하고 있기 때문이다. 더 나아가 이 작품의 공간 표상과 장소의 분석을 통해 당대 시대상황에 대

---

[14]   앞으로 본문에서의 작품 인용은 이와 같은 방식으로 통일하고자 한다. 작품 인용 텍스트는 채만식/공종구 엮음, 『탁류』, 현대문학, 2011.

한 채만식의 지정학을 탐색하고자 하는 이 글의 문제의식을 탐색하는 데도 중요한 단서를 암시하고도 있기 때문이다.

서술자는 먼저 군산의 지형을, 강경 부근에서부터 강물의 흐름이 탁류로 급변하는 금강 하구의 남쪽 언덕에 올라앉은 공간으로 묘사한다. 바로 이어서 서술자는 이곳 군산 항구에서 실마리가 풀리는 서사는 '마도로스의 정담'이나 '여인네의 달콤한 이야기'는 못된다면서 『탁류』의 서사가 비극적인 지향으로 전개될 것이라는 것을 명확하게 암시하고 있다. 더불어 이 서사에 등장하는 인물들의 실존을, 희망을 설계하거나 기대하기 어려운 '내일이 없는 사람들'로 규정하면서 군산의 정주민(조선인)들을 조락과 결핍을 피해가지 못할 불행한 운명의 소유자들로 표상하고자 하는 서술자의 의도는 선명하게 드러난다. 이러한 맥락의 연장선에서 "자연경관에 대한 의미가 그것을 인지하는 작가의 현실 인식에 따라 비유적으로 표현"된다는 전제하에 "탁류처럼 혼탁한 시간을 일제 강점기로, 그리고 군산을 식민지 시대의 탁류에 휩쓸린 암울한 현실이 집약적으로 나타난 공간"[15]으로 규정하는 지적은 적실해 보인다. 서사의 전개가 진행될 군산과 그 주민들을 조락과 결핍의 공간으로 표상하는 도입부에서의 서술자의 문제의식은 바로 이어서 제시되는 다음과 같은 군산의 공간 지형 묘사를 통

---

15   변화영, 「소설과 민족지의 경계 넘기: 『탁류』의 경우」, 83면.

해서 더욱 선명하게 드러난다.

　　정주사는 요새 정거장으로부터 시작하여 새로 난 소화통이라는 큰 길을 동쪽으로 한참 내려가다가 바른손 편으로 꺾이어 개복동開福洞 복판으로 들어섰다.

　　예서부터가 조선 사람들이 사는 곳이다.

　　지금은 개복동과 연접된 구복동九福洞을 버무려가지고 산산정山山町이니 개운정開運町이니 하는 하이칼라 이름을 지었지만, 예나 시방이나 동네의 모양다리는 그냥 그 대중이고 조금도 개운開運은 되질 않았다. 그저 복판에 포도장치鋪道裝置도 안 한 십오 간짜리 토막길이 있고, 길 좌우로 연달아 평지가 있는 둥 마는둥 하다가 그대로 사뭇 언덕 비탈이다.

　　그러나 언덕 비탈의 언덕은 눈으로는 보이지를 않는다. 급하게 경사진 언덕 비탈에 게딱지 같은 초가집이며, 낡은 생철집 오막살이들이, 손바닥만한 빈틈도 남기지 않고 콩나물 길 듯 다닥다닥 주어 박혀, 언덕이거니 짐작이나 할 뿐인 것이다……

　　개복동, 구복동, 둔뱀이, 그리고 이편으로 뚝 떨어져 정거장 뒤에 있는 '스래(京浦里)', **이러한 몇 곳이 군산의 인구 칠만 명 가운데 육만도 넘는 조선 사람들의 거의 대부분이 어깨를 비비면서 옴닥옴닥 모여 사는 곳이다. 면적으로 치면 군산부의 몇십 분지 일도 못되는 땅이다.**

그뿐 아니라 정리된 시구市區라든지, 근대적 건물로든지, 사회시설이나 위생시설로든지, 제법 문화도시의 모습을 차리고 있는 본정통이나 전주통이나 공원 밑 일대나, 또 넌지시 월명月明山 아래로 자리를 잡고 있는 주택 지대나, 이런 데다가 빗대면 개복동이니 둔뱀이니 하는 곳은 한 세기나 뒤떨어져 보인다. 한 세기라니, 인제 한 세기가 지난 뒤라도 이 사람들이 제법 고만큼이나 문화다운 살림을 하게 되리라 싶질 않다. (『탁류』, 42-43면)

1899년 5월 마산, 성진과 함께 개항된 "군산은 1914년 시(부)로 승격된 이후 36년의 식민지 시기 동안 다른 지방 도시에 비해 매우 높은 도시집적도를 유지하며 성장"[16]했다. 또한 "군산은 개항 이후 일제의 필요에 의해 부로 승격된 이래 해방 당시까지 그들의 필요에 따라 공간 구성 및 도시의 성장이 계획적으로 이루어진 전형적인 식민지 도시이다."[17] 일제의 식민 지배 이후 본격적인 식민지 도시로 변모하는 과정에서 군산의 공간적인 풍경이나 질서는 그 이전과는 혁명적인 단절에 가까울 정도로 바뀌게 된다. 이 작품이 연재되던 1930년대 후반의 군산 또한 집중적

16 김영정 외, 『근대 항구도시 군산의 형성과 변화』, 한울아카데미, 2008, 15면.
17 위의 책, 18면.

채만식의 민족문학

인 식민 지배를 받은 식민지 조선의 대부분 도시들과 마찬가지로 "계획적으로 개발된 근대적 일본인 거주지와 무질서한 조선인의 거주지가 명확한 경계를 이루면서 공존"[18]하는 구조가 확연하게 자리를 잡게 되는, 민족을 축으로 한 공간적인 위계나 차이가 명확하게 구획된 전형적인 식민지 이중도시[19]의 특징을 선명하게 보여주고 있다. 구체적으로 도로나 상·하수도 시설 등과 같은 도시 인프라나 생활 환경이 좋은 영화동, 신흥동, 월명동과 같은 북서부 지역의 평지에는 일본인들이 거주했고 둔율동(둔배미), 흥남동(흙구뎅이), 개복동, 창성동, 죽성동, 해망동과 같이 도시 인프라나 생활 환경이 열악한 동남부의 도심 외곽 지역에는 조선인들이 거주했다.

그런데 흥미롭게도 이 작품은 전형적인 식민지 이중 도시의 풍경이나 구조가 자리잡고 있던 당시 군산의 지형을 정확하게 반

18 전남일 외 지음, 『한국 주거의 사회사』, 돌베개, 2008, 91면.
19 '하시야는 일본의 식민지 도시의 형성 과정을 세 가지로 유형화하고 있다. 부산, 인천, 원산 등과 같이 일본의 식민지 지배와 함께 완전히 새롭게 도시가 형성된 유형, 경성·평양·개성 등과 같이 재래 사회의 전통적 도시 위에 겹쳐지면서 식민지 도시가 형성된 경우, 만주의 펑텐이나 하얼빈처럼 기존 대도시의 근교에 일본이 신시가지를 건설하여 형성된 유형. 이 세 가지 유형 중 군산은 첫 번째 유형에 속한다. 이들 도시는 공간적으로도 일본인 거리가 중심이 되어 발달하였고, 주민 가운데 일본인의 비중도 높았다. 하시야 히로시/김제정 옮김, 『일본 제국주의, 식민지 도시를 건설하다』, 모티브, 2005, 17-19면 참조.

영하고 있다. 한마디로 이 작품은 당시 군산의 지형을 충실하게 재현하고 있는 '군산의 소설적 지형도'라고 할 수 있다. 구체적으로 『탁류』의 전반부 무대가 되었던 군산에는 현재까지도 해망굴이나 은적사, 째보선창, 조선은행 건물, 제일초등학교 등과 같이 아직도 시내 곳곳에 작품의 배경으로 기능하던 당시의 공간이나 장소들이 원형 그대로 현존하고 있고, 동녕고개, 군산경찰서, 콩나물 고개, 도립병원, 공설운동장, 공회당, 이즈모야, 공설시장 등과 같이 그 원형은 해체되거나 용도는 변경되었으나 그 흔적이나 현장은 확인할 수 있는 장소나 공간들 또한 적지 않다. 게다가 정주사 가족의 주거 공간이던 둔뱀이의 집터나 그 인근의 한참봉 싸전, 미두장 터, 초봉이 신혼집 터, 제중당 약국, 금호 병원 등과 같은 장소나 공간들은 표지석을 통해서 그 위치를 확인할 수 있다. 이러한 사실들로 미루어 볼 때 군산 근교에 위치한 임피 태생의 채만식은 연재를 시작하기 오래 전부터 이 작품의 구상과 함께 치밀한 사전답사를 마쳤던 것으로 짐작된다. 이 작품을 연재하던 시기(1937-1938년)에 채만식은 개성에서 거주하고 있었기 때문이다. 구체적으로 채만식은 전업작가의 길을 선언한 후 마지막 직장이던 조선일보를 퇴사하면서 금광업에 종사하던 셋째 형 준식 씨가 거주하던 개성으로 거처를 옮긴 1936년부터 안양으로 이거하는 1940년까지는 개성에서 생활하고 있었다.

이러한 맥락의 연장선에서 볼 때 군산의 공간 표상 분석을 통하여 1930년대 군산의 지정학을 탐색하고자 하는 이 글의 목적과 관련해서 이 문면은 아주 중요한 정보를 제공하고 있다. 채만식 특유의 냉소와 야유를 통해 제시되고 있는 이 문면은 당시 군산에 거주하고 있던 일본인과 조선인의 거주 및 생활 환경의 차이를 극명한 대비와 대조를 통해서 보여주고 있기 때문이다. 민족을 축으로 한 군산의 공간적인 위계를 정확하게 반영하고 있는 이 문면에서 조선인이 거주하고 있는 개복동, 구복동, 둔뱀이, 스래(경포동)는 인구 밀도가 엄청 높을 뿐만 아니라 도로나 건물, 상하수도 시설이나 문화 공간 등에서 생존 자체만을 간신히 가능하게 할 정도로 아주 열악한 공간적인 조건에 처해 있다. 그 반면 당시의 엄혹한 검열을 의식해서 구체적으로 적시하고 있지는 않지만, 일본인의 거주 공간이던 본정통이나 전주통 주변의 지역이나 월명동은 1930년 후반의 군산이라는 동일한 차원의 시공간에서 공존하는 지역이라고는 할 수 없을 정도로 이질적이다. 그 이질적인 차이가 어느 정도로 심한가는 한 세기가 지나서도 그 간격이나 격차를 극복하거나 해소하지 못할 것 같다는 서술자의 절망적인 푸념이나 한탄이 웅변하고 있다. 민족의 거주 공간에 대한 이와 같은 위계와 차이는 단순히 중심과 주변, 도심과 외곽이라는 지리적·물리적 경계를 구획하는 의미를 넘어 일제의 식민 지배를 정당화·합리화하는 식민주의 이데올로기를 내면화하는 효과를 발생하게 한다는 점에서 문제적이다.

　당시 군산에 거주하고 있던 대부분의 조선인들은 일본인들의 거주 지역과는 격절된 공간에서 생활하고 있었다. 하지만 항만의 노동자나 일본인 가정의 가사 노동자로 일터를 오고가는 과정에서 일본인들의 거주 공간을 경험할 수 있는 기회를 가졌을 것이다. 조선인들의 거리 풍경이나 생활 환경과는 차원 자체가 다른 일본인들의 거주 공간을 당시 군산의 조선인들은 어떤 시선과 감정으로 바라보았을까? 자신들과는 너무나도 차이가 나는 문화나 위생 시설, 건물과 도로 등을 바라보는 조선인들은 일단 세련된 외형이나 그 규모에 압도되어 선망과 동경의 시선으로 바라보았을 것이다. 이러한 시선이 반복되는 과정에서 알게 모르게 조선인들의 내면에는 자신들의 정체성을 열등한 타자로 대상화하는 한편 일본인들을 우월한 민족으로 바라보는 식민지적 무의식이 형성되었을 가능성 또한 충분하다. 그 거울상의 입장에서 일본인들은 자신들의 우월감을 과시함으로써 조선인들로 하여금 민족 정체성과 전통을 부정하게 하는 한편 자기 비하와 민족 허무주의의 열등감을 자극하면서 식민주의 이데올로기를 내면화하게 함으로써 식민 지배의 정당성과 합리성을 선전하는 전략을 실천했을 가능성 또한 매우 높다고 할 수 있다. 그러한 맥락에서 "공간 지배는 지배력 행사의 가장 특권화된 형식 중 하나이다라는 브르디외의 통찰처럼 지리적 공간에 대한 처분권은 사회적 공간 내에서 차지한 자리에 영향"[20]을 준다거나 "공간이란 텅 빈 허공이나 좌

---

20   마르쿠스 슈뢰르/정인모·배정희 옮김, 『공간, 장소, 경계』, 에코리브르, 2010, 103면.

채만식의 민족문학

표계가 아니라, 사람들의 사고와 행동의 수단이며, 그런 만큼 그것을 지배하고 통제하는 수단으로서 사회적으로 생산된다"[21]는 주장은 설득력이 있다.

사정이 그러하다면, 100년이라는 세월이 지나도 그 간격이 줄어들거나 해소될 것 같지 않아 보인다는 절망적인 푸념이나 한탄을 할 정도로, 민족을 축으로 한 극단적인 공간적인 위계와 차별의 표상을 동원한 채만식의 의도는 어디에 있는 것일까? 그리고 그러한 공간적인 위계와 차별의 원인을 어디에서 찾고 있는 것일까? 등단 이후 시종일관 식민지 조선의 현실에 대한 명민한 비판 정신과 치열한 대결의지를 자신의 작가적 화두로 삼았던 채만식은, 문명와 비문명, 빛과 어둠, 정상과 병리, 규범과 일탈의 이분법적 도식의 표상으로 제시하고 있는, 일본인과 조선인의 거주 공간이나 생활환경의 극심한 차이를 통해 식민지 근대화의 실상이나 본질이 일본의 집요한 선전이나 주장과는 달리 철저하게 일본을 위한 근대화였음을 비판하고 있다. 그 연장선에서 채만식은 일본의 식민지배는 조선의 근대화와 문명화의 사명을 실천하기 위한 선린우호의 의도에서 출발한 게 아니라 후발 제국주의 국가로 지향해나가는 과정에서 발생할 수밖에 없는 일본의 국내 문제를 해결하기 위한 차원에서 이루어진 제국주의의 수탈 의도에서 출발

---

21   이진경, 『근대적 주거공간의 탄생』, 소명출판, 2000, 44면.

한 것이었다는 문제의식을 반영하고자 했다. 더불어 갖은 이데올로기적 공세와 여론 조작을 동원하여 식민 지배의 정당성과 당위성을 주장했던 일제의 선전과 책략이 실상은 허구적 이데올로기에 불과할 뿐이라는 문제의식을 반영하고 있다.

한편 공간적인 차별과 위계의 원인과 관련해서는 정주사가 군산의 대안에 위치한 서천의 용당을 떠나 군산의 둔뱀이로 흘러들어 정착하게 된 인생행로를 면밀하게 살펴볼 필요가 있다. 채만식은 정주사의 인생 유전과 몰락을 통해 일본의 식민 지배와 제국주의적 수탈이 그러한 공간적인 위계와 차별을 발생하게 한 결정적인 동인이라는 문제의식을 반영하고 있기 때문이다. 이러한 맥락에서 미두장의 장소성에 대한 분석 작업이 가지는 중요성은 아무리 강조해도 지나치지 않다. 정주사의 몰락과 파멸, 그리고 그와 연동된 초봉이의 인생유전과 불행에 결정적인 동인을 제공하는 것이 바로 정주사의 미두이기 때문이다.

3. 몰락과 파멸의 축으로서의 미두장의 장소성

정주사가 처음부터 군산의 빈민들이 집거하던 둔뱀이에 거주하면서 미두에 손을 댔던 것은 아니다. 원래 서천에서 군청 서기로 근무하던 정 주사는 퇴직과 함께 가산을 정리한 후 가솔들을 이끌고 12년 전에 군산의 소화통 거리의 큰샘골로 이사를 오게 된다. 군산으로의 이거 이후 은행원과 미두 중매점을 거쳐 회사를 칠 년 동안 전전하다 가세가 적빈이여세의 형국으로 가파르게 기울어지자 건곤일척의 승부수로 미두에 손을 댄 것이 화근이 되어 미두장에서도 가장 바닥 신세인 하바꾼으로 전락한 후 둔뱀이로 흘러들게 된다. 그런데 정주사의 몰락과 인생유전이 문제인 것은 그것이 정 주사 한 개인의 문제에 국한된 것이 아니라는 점이다. 정 주사의 몰락과 파멸은 당시 미두에 손을 대었다가 몰락과 파멸의 신세를 피할 수 없었던 당시 식민지 조선인들의 비극적인 운명을 전형적으로 보여주고 있기 때문이다. 그렇다면 왜 당시 조선의 장삼이사들은 그렇게 미두에 빠져들게 되었을까? 그리고 당시 미두장의 메커니즘은 구체적으로 어떤 원리에 의해 작동되고 있었을까?

『탁류』에서 장소성이 가장 선명하게 부각되는 미두장이라고 불리는 미곡취인소가 군산에서 개소식을 가진 해는 1932년이다. "1932년 조선취인소령에 따라 인천에만 있던 미곡취인소가 군산에도 승인되어 전주통 22번지에 개설된다."[22] 그러면 다른 도시들을 제치고 인천에 이어 군산에 미곡취인소가 개설된 이유는 무엇일까? 여러 가지 원인이 작용했겠지만 가장 중요한 것은 군산의 산업 구조와 일본의 제국주의적 수탈 정책 때문이다.

---

22   박철웅, 앞의 논문, 249면.

군산은 1910년대 이후 전체 수이출 중 미곡이 차지하는 비중이 80% 이상을 차지하여 '미(米)의 군산'으로서의 명성을 갖고 있을 정도였다……(그러한 산업 구조를 갖춘) 군산은 전형적인 식민지 도시로서 미곡 이수출에 의해 성장했으며 이를 지지하는 기반은 배후지에 자리잡은 일본인 지주들의 수작경영 및 미곡생산 판매였다……**그러나 식민지 정책에 의한 군산의 쌀 이출은 배후지의 내부 시장보다는 이출을 위한 상품화를 급속하게 발전시켰다. 그 결과 미곡을 중심으로 한 군산의 성장은 그 기반을 배후지 내부 시장이 아니라 일본의 미곡 시장에 두지 않을 수 없었던 것이다. 이 때문에 미곡을 중심으로 한 군산의 성장과 배후지 농업의 전개는 식민지 내부의 다른 사업과의 유기적 관련보다는 제국 경제를 유지하는 식민지 체제에 편입되어 버렸다**…… 그것은 한편으로 배후지의 농민층을 궁핍화시키고, 다른 한편으로는 일본 제국주의의 경제적 이해에 적극적으로 종속되어 가는 과정이었던 것이다.[23]

1910년 강제 병합에 이은 식민 지배 이후 일본의 식민 지배 권력은 조선에 식민지 경제체제를 공고하게 구축해나간다. 그 과정

---

23   김영정 외 지음, 앞의 책, 107-118면.

에서 식민지 본국의 원료 및 식량 공급원과 상품 시장으로서의 조선의 지위와 역할에 적극적인 관심을 가지고 있던 일본에게 군산·옥구 지역은 새롭게 주목을 받을 수밖에 없게 된다. 비옥·광활한 농지를 확보하고 있는 군산·옥구 지역은 미곡의 집산지였기 때문이다. 군산 지역의 이와 같은 지리적 조건과 산업 여건은 1차 세계 대전 이후 전개된 공황으로 인해 더욱 집중적인 관심의 대상으로 부상하게 된다. 구체적으로 '제1차 세계대전을 계기로 공업화 정책을 시행하는 과정에서 발생한 식량난을 타개하기 위해 일제는 산미증식계획을 시행하게 되는데, 그 정책과 연동되어 군산 지역은 식량공급지로서의 지위가 한층 더 강화되기 때문이다. 그로 인해 미곡 증산과 함께 일본에 대한 미곡수출은 격증하면서 그와 연동된 미곡시장 또한 활황 국면으로 접어 들게 된다.'[24]

그런데 문면에서 확인할 수 있는 바와 같이, 쌀의 상품화를 통한 무역의 활황 국면을 통해서 발생하는 수익은 거의 전부 식민지배 권력을 등에 업은 일본 자본의 몫이었지 쌀 생산에 직접 참여했던 조선 농민들의 몫은 아니었다. 조선의 농민들은 일제의 국책을 충실히 좇아 미곡 증산에 각고의 노동력을 동원했지만 그 노동에 대한 정당한 보상을 받지 못했다. 정당한 보상은커녕 조선의 현실을 도외시한 쌀의 무리한 일본 수출로 인해 오히려 더

---

24   이형진, 「일제 강점기 미두증권시장정책과 '조선취인소'」, 연세대학교 대학원 사학과 석사학위논문, 1992, 43면 참조.

궁핍해지는 역설적인 상황을 피해갈 수 없었다. "아이러니하게도 쌀을 생산하면서도 그 부족량을 만주에서 들여온 잡곡으로 충당"[25]해야만 했던 현실은 그러한 부조리한 상황을 극명하게 압축하고 있다. 조선의 농민들은 일본의 경제에 완전히 예속된 식민지 경제체제에서 자신들이 뼈를 깎는 고생과 지극 정성을 다해 생산한 쌀을 자신들의 의사나 의지와는 전혀 상관없이 식민 모국인 일본의 식량난을 해결하기 위해 거의 다 수출하게 된다. 그 과정에서 식민지 조선의 농민들은 쌀 생산의 주체이면서도 쌀의 소비 주체가 되기는커녕 철저한 소비의 객체로 소외될 수밖에 없는 처지를 곱다시 감내할 수밖에 없었다. 이러한 부조리한 상황을 가속화하는 한편 농민들의 몰락을 재촉한 식민 수탈 기구가 바로 '미곡취인소'였다.

> 미두취인소가 오로지 투기만 횡행하는 장소이거나 수탈을 위한 교두보였던 것만은 아니다. 취인소 설립 당시의 목적은 미곡 품질과 가격의 표준화를 꾀하고, 미곡 품질의 개량화를 촉진하며, 조선 각지에 흩어져 활동하는 미곡 수집상들에게 미곡 가격의 동향을 정확히 알려주어, 구매과정에서의 손실을 최소화하고 나아가서는 한국과 일본의 무역에

---

25   김민영·김양규, 『철도, 지역의 근대성 수용과 사회경제적 변용』, 선인, 2005, 114면.

도움이 되고자 하는 것이었다. 조선을 식민지로 만든 이후, 일제 당국으로서는 미두취인소가 지니는 이러한 '순기능' 적 측면의 필요성은 더욱 절실해지게 되었는데, 그것은 일제 강점기 조선에서 생산된 미곡은 일부만 국내에서 소비되고 거의 대부분이 일본으로 이출되는 중요한 '상품'이 되었기 때문이다. 생산과 집하, 그리고 정미, 보관(창고업) 등, 미곡 생산과 소비에 따르는 전체 과정을 합리적이며 경제적으로 운용할 수 있는 기관이 절대적으로 필요해진 가운데, '미두취인소'는 그러한 역할을 매개하는 핵심적인 '경제기관'으로 자리매김되었다……

그런데, '미두장'은 현물거래가 아니라, 거래의 성립과 물품의 인도시기(즉 결재시기)가 다른 '청산거래'가 주종을 이루었다…… '청산거래'란 오늘날의 '선물거래'에 해당한다고 보면 된다…… '선물'이란 매매 계약의 시점과 계약의 이행 시점이 다르다는 점에서 '현물 거래'와 다르고, 매매 당사자가 직접 거래하지 않아도 된다는 점에서 '선도 거래'와 구분된다…….

결국, 선물 거래란, 현물 없이 일정한 액수를 투자하여, 현물 수도(受渡)의 '권리'를 확보함으로써, 현물의 시세 변동에 따른 이익을 확보하고자 하는 것이다. 당시 미두장은 투자액의 10%를 '증거금'(미두 용어로는 '증금')으로 내면, 이러한 권리를 얼마든지 사고 팔 수 있었다. 그리고 **투기를 조장하**

는 비밀의 열쇠는 바로 여기에 있었다. 즉, 결재일에 이르러 현물이 오갈 때까지는 무제한으로 '권리'를 사고 파는 일이 되풀이될 수 있으며, 많은 사람들이 쌀과는 아무 상관없이 오로지 가격변동으로 인한 시세 차익을 노리고 이 투기판에 뛰어들었던 것이다.

이와 같은 미곡취인소의 '순기능'…… 등을 심각하게 위협하는 '역기능', 즉 취인소의 '부정적 기능'은, 이러한 '선물거래'에 반드시 동전의 양면처럼 따라붙는 '투기 조장의 요인'이다…… 바로, 이 '취인소'의 부정적 기능인 '투기적 요인'이 미두장을 일약 '복마전'의 소굴로 만들게 되었던 것이다.[26]

산미증식계획의 시행 이후 활성화된 미곡 시장을 합리적으로 통제하고 관리하기 위한 목적에서 출발했던 미곡 취인소는 설립 당시부터 철저하게 일본 자본의 이해관계를 충실하게 반영하면서 등장했다. 특히 곡물 작황 특유의 유동성과 일본의 미곡 시장과 연동되어 요동치듯 수시로 변하는 가격변동에 따른 시세차익을 겨냥한 일본의 투기자본이 투입되면서 조선의 미곡시장은 쌀을 매개로 한 정상적인 거래가 이루어지는 시장이라기보다는 일

---

26   한수영, 앞의 글, 249-251면.

채만식의 민족문학

확천금의 요행이나 기적을 바라는 투기판에 가까웠다. 실제로 미두 시장에서는 쌀이라는 현물을 직접 사고 파는 현물 거래 방식이 아니라 증금을 내고서 쌀에 대한 권리만을 사고 파는 선물 거래 방식, 다시 말해 "쌀의 현물 거래와는 직접적인 관련이 없이, 청산 거래 방식을 통한 '결제의 권리'만을 사고 파는"[27] 거래 방식의 허점이나 맹점을 교묘하게 이용한 협잡과 농간이 비일비재했다.

　가격변동에 따른 시세차익을 노린 조작이나 농간을 잠재적인 리스크로 안고 갈 수밖에 없는 선물 거래 방식으로 이루어지는 복잡한 미두 시장의 작동 방식이나 문법에 대해 조선인들은 기본적인 지식이나 정보조차도 없었다. 하지만 단순히 일확천금을 거머쥘 수 있다는 신기루와도 같은 허황된 욕망에 눈이 먼 조선인들은 야바위판이나 진배없는 그 투기판에 경쟁적으로 뛰어든다. 휘황한 불빛을 좇아 죽음을 불사하고 맹렬하게 돌진하는 부나방을 방불케하는 기세와 열정으로 뛰어든 미두시장의 대열에서 남녀노소나 지위고하의 차이는 아무런 의미를 지닐 수 없었다. "머슴에서부터 중매점 점원, 경찰, 사장, 객주부상, 지주, 지식인, 교육자에 이르기까지, 눈 가지고 귀 뚫린 조선사람의 대다수는 한번쯤 '미두'판에서의 일확천금의 꿈을 꾸지 않은 이가 없을 정도로

27　위의글, 248면.

'미두'는 열풍 그 자체였다."[28] 한마디로 그 당시 미두 시장에 참여한 조선인들의 기세나 열정은 집단적인 광기라고밖에는 달리 말할 수 없을 정도였다.

집단적인 광기 일반의 종말이 그러한 것처럼 미두시장의 메커니즘이나 시스템에 무지한 상태에서 물욕에만 눈이 멀어 무작정 뛰어든 조선인들의 종말 또한 몰락과 파멸의 길을 피해갈 수 없었다. 자본의 규모나 정보의 극심한 비대칭 그리고 무엇보다 중요한 배후의 식민 지배 권력 등 모든 게 일본 자본 중심으로 편향된, 한마디로 '기울어진 운동장'에서의 게임의 결과는 불문가지, 강 건너 불을 보듯 뻔한 것이었다. 철저하게 일본 자본의 이익에 복무하는 투기성의 거래를 통하여 조선인들의 몰락을 재촉하고 가속화하는 과정에서 '복마전의 소굴로 변해버린' 수탈 기구로서의 미두장의 공간적인 배치 의도와 장소성의 본질에 대해 채만식은 아래와 같이 예리한 통찰력을 보여주고 있다.

> 미두장은 군산의 '심장'이요, 전주통全州通이니 본정통本町通이니 해안통海岸通이니 하는 폭넓은 길들은 대동맥이다. 이 대동맥 군데군데는 심장 가까이, 여러 은행들이 서로 호응하듯 옹위하고 있고, 심장 바로 전후좌우에는 중매점仲買

---

28   위의 글, 247면.

店들이 전화줄로 거미줄을 쳐놓고 앉아 있다. (『탁류』, 26면)

군산의 미두장은 전주통에 있었다. 당시 전주통은 주변의 대로인 본정통 및 해안통과 더불어 군산에서 가장 번화하면서도 넓은 도로였다. 미두장이 영업을 하던 당시의 군산 지형을 정확하게 재현하고 있는 이 문면에서 눈길을 끄는 것은 미두장과 미두장이 있던 도로를 비유하면서 동원하고 있는 '심장'과 '대동맥'이라는 신체적인 메타포이다. 구체적으로 서술자는 미두장이 있던 도로를 군산의 경제가 원활하게 순환하는 데 가장 중요한 기능을 하는 '대동맥'으로, 그리고 그 도로들에 연접한 미두장을 군산이라는 유기체의 생명 유지에 가장 긴요한 기능을 담당하는 심장이라는 신체적 메타포에 비유하고 있다. 더불어 미두장 주변에 포진해 있던 은행과 중매점들의 배치를 비유하는 메타포 또한 예사롭지 않다. '이 대동맥 군데군데는 심장 가까이, 여러 은행들이 서로 호응하듯 옹위하고 있고, 심장 바로 전후좌우에는 중매점仲買店들이 전화줄로 거미줄을 쳐놓고 앉아 있다.'는 서술을 통해서 알 수 있는 바와 같이, 노리는 먹잇감의 포획을 위한 정교한 장치인 '거미줄'이라는 메타포를 통해 서술자는 미두장 주변에 은행이나 중매점들을 즐비하게 포진시킨 공간적인 배치의 의도가 치밀한 계산과 전략을 통해 조선인들의 투기를 유혹하기 위한 것이었음을 밝히고 있다. 다시 말해 미두장 주변의 은행이나 중매점들은 미두장의 심장이 원활하게 작동하는 데 필요한 규칙적인 박동을 가능하게 하는 모세혈관이나 말초신경의 역할을 하도록 하기 위해 설립했다는 것이다. 채만식은 이러한 메타포를 통해 미두장이야말로 철저하게 일본 자본의 이익을 위한 치밀한 계산과 전략이 개입되어 수탈과 억압을 본질로 하는 군산의 식민지 경제 체제가 유지되기 위해서는 없어서는 안 될 정도로 핵심적인 기구였다는 사실을 예리하게 포착하고 있다. 그 연장선에서 채만식은 특유의 냉소와 독설을 동원하여 수탈 기구로서의 미두장의 본질과 핵심을 아래와 같이 선명하게 증거하고 있다.

> 조금치라도 관계나 관심을 가진 사람은 시장市場이라고 부르고, 속한俗漢은 미두장이라고 부르고, 그리고 간판은 '군산미곡취인소群山米穀取引所'라고 써붙인 ××도박장賭博場.
> 집이야 낡은 목재의 이층으로 협수룩하니 보잘것없어도 이곳이 군산의 심장임에는 갈데없다.
> **여기는 치외법권이 있는 도박꾼의 공동조계共同租界요 인색한 몽테카를로다……**
> 망건 쓰고 귀 안 뺀 촌샌님들이 도무지 어떤 영문인 줄 모르게 살림이 요모로 조모로 오그라들라치면 초조한 끝에 허욕이 난다. 허욕 끝에는 요새로 친다면 백백교白白教, 들이켜서는 보천교普天教같은 협잡패에 귀의해서 마지막 남은 전장을 올려 바치든지, **좀 똑똑하다는 축이 일확천금의 뜻을 품고 인천으로 쫓아온다. 와서는 개개 밑천을 홀라당 불어**

버리고 맨손으로 돌아선다. (『탁류』, 110-111면)

　　당시 합리적인 미두 거래 관리와 통제 업무를 수행하기 위해 개설한 군산 미두시장의 공식적인 명칭은 '군산미곡취인소'였다. 하지만 쌀이 단순한 식량보다는 투기 상품의 지위로 도약하는 과정에서 이상 열기로 들끓던 미두 시장을 일본의 투기 자본이 간건너 불을 보듯 수수방관할 리가 만무했다. 그렇지 않아도 좋은 먹잇감을 찾아 배회하던 포식자 일본의 투기 자본에게 미두 시장은 더할 나위 없이 매력적인 최상의 블루오션이 아닐 수 없었다. 높은 수익률을 확신한 일본의 자본이 적극 개입하면서 미두 시장은 애초의 설립 취지나 목적에서 벗어나기 시작한다. 그 이후 미두시장은 쌀을 매개로 한 합리적인 거래보다는 시세 차익을 노린 업자들의 협잡이나 농간이 중심이 되는 투기판의 양상으로 변질되어 갔다. 허황한 욕망에 미혹된 미곡업자들의 투기 열풍과 일확천금의 기적을 바라는 조선인들의 사행심이 상승 작용을 하면서 그러한 양상은 더욱 고착화되면서 미두 시장은 아예 도박판을 방불케 했다. 고향 임피에서 농업에 종사하다 "미두를 통해 파산해 가고 있는 장형인 명식 씨의 실제 과정"[29]을 소상하게 알고 있었을 개인사는 채만식으로 하여금 미두 시장에 대한 부정적인 인식

29　이형진, 앞의 논문, 45면.

과 태도를 더욱 강화했을 것으로 짐작된다. 채만식 특유의 냉소와 독설을 동원하여 미두시장을 아예 '도박장'이자 '치외법권이 있는 도박꾼의 공동조계'로 규정하는 것을 보더라도 그러한 추정은 충분한 설득력을 지닌다.

도박판이라는 비유를 통해 채만식은 당시 미두장이 정상적인 미곡 거래 시장이라기보다는 10%의 증거금을 판돈으로 갖은 협잡과 농간이 난무·횡행하던 노름판이었음을 증언하고 있다. 또한 미두장 주변 지역이 일제 식민 지배 권력의 비호를 등에 업은 일본 자본이 조선의 그 어떤 법적인 제약이나 구속으로부터 자유로운 상태에서 온갖 감언이설과 혹세무민의 간계를 동원하여 조선인들의 재산을 합법적으로 유린하는 것을 가능하게 했던 일종의 경제 특구였음을 통렬하게 비판하고 있다. 그러한 점에서 "미곡 식량 약탈의 과정에서 투기욕을 조장하여 소작료로 뽑는 그 외의 나머지, 현물 또는 집이나 논 밭 판 돈 등 수중에 남아 있는 현금까지 깡그리 훑어가는 일제 식민지 당국의 가혹한 제국주의적 수탈 정책을 정확히 보아야 한다"[30]는 지적은 당시 미두장을 통한 일제의 제국주의적 수탈 정책의 핵심을 정확하게 통찰하고 있는 지적이라고 할 수 있다. 그 연장선에서 미두장을 "식민지 자본 침략의 축소판이자, 식민지 정치권력과 경제적 종속관계를 결집시

30　홍이섭, 앞의 글, 98면.

켜서 표상한 장소"[31]로 규정하는 해석은 설득력이 있다.

합법의 형식적 외피를 두른 일본 투기 자본의 달콤한 유혹에 현혹되어 속수무책으로 뛰어든 도박판의 투기 거래에서 조선 농민들과 조선인들이 가산을 탕진하고 몰락할 수밖에 없었던 것은 강 건너 불을 보듯 뻔한 사실이었다. 당시 미곡 시장의 투기 거래 문법이나 시스템에 대한 전문지식이 거의 없는데다 극심한 정보의 비대칭으로 인해 미두에 참여했던 조선인들의 몰락은 이미 예견된 것이었기 때문이다. 합법을 빙자한 수탈 과정에서 식민지 조선인들의 재산을 마음껏 유린했던 일본의 투기 자본은 최소한의 연민이나 자비도 보이지 않았다. 한마디로 이윤 추구에 혈안이 된 일본의 투기 자본은 '무자비한 부락퀴'였다. 군산으로의 이거 이후 미두에 손을 댔다가 도시 빈민으로 전락하는 정주사의 인생유전은 조선인들의 그러한 몰락 과정을 전형적으로 보여주고 있다는 점에서 문제적이다.

> **정 주사는 자리하고도 이런 자리에서 봉변을 당하는 참이다……**
>
> 소위 '총을 놓았다'는 것인데, 밑천 없이 안면만 여겨 돈을 걸지 않고 하바를 하다가 지고서 돈을 못내게 되면, ……

---

31   임명진, 앞의 글, 274-275면.

정 주사는, 멱살을 잡은 애송이의 팔목에 가 대롱대롱 매달려 발돋움을 친다. 목을 졸려서 얼굴빛은 검푸르게 죽고, 숨이 막혀 캑캑 기침을 배앝는다.

낡은 맥고모자는 아까 벌써 길바닥에 굴러떨어졌고, 당목 홑두루마기는 안팍 옷고름이 뜯어져서 잡아 낚는 대로 주정뱅이처럼 펄럭거린다. (『탁류』, 26-27면)

정주사는 군산으로의 이거 이후 하루가 다르게 기울어져가는 가세를 만회하기 위한 고육지책으로 미두판에 뛰어든다. 정주사가 아무리 은행과 미두 중매점에서의 경력이 있다고는 해도 자본주의의 첨단 파생금융인 선물거래 방식으로 이루어지던 복잡하기 이를 데 없는 미두 시장의 작동 문법이나 시스템에 정통할 리는 만무했다. 그 또한 미두 시장의 생리나 관행에는 거의 무지에 가까운 상태에서 물욕에만 눈이 멀어 뛰어들었다가 가산을 탕진하고 몰락의 수렁에 빠져들어갈 수밖에 없었던 수많은 조선인들의 처지와 크게 다를 바가 없었다. 문면에서 보는 바와 같이, 미두장에 기생하면서 소일하는 것을 생의 유일한 낙으로 삼는 하바꾼의 신세로 전락한 후 속임수를 통해 절치기 거래를 하다 들통이 난 후 자식 나이밖에 안 되는 젊은이에게 중인환시리의 대낮에 망신과 봉변을 당하는 정주사의 처지는 바로 그 미두에 손을 댔다가 패가망신의 신세를 면치 못했던 조선인들의 인생행로를 여실하게 증명하고 있다. 그러한 맥락에서 "미두가 조선인들의 정

신을 황폐화하는 마약"[32]이라는 지적은 조금도 과장이 아니라고
할 수 있다.

4. 나오는 글

이 글이 집중적인 분석 대상으로 소환한 텍스트는 채만식의
『탁류』였다. 1930년대 군산의 실제 지형을 정확하게 재구·재현
하고 있는 이 작품은 '1930년대 군산의 소설적 지형도'라고 할
수 있다. 이러한 시·공간적 배경을 지닌 이 작품의 분석을 통해
'1930년대 군산의 지정학'을 작성해보고자 했던 것이 이 글의 문
제의식이자 목적이었다. 이러한 문제의식과 목적을 수행하기 위
해 이 글이 공을 들인 작업은 크게 두 가지였다. 하나는 1910년 강
제 병합 이후 일제 식민 지배 권력의 의도와 계획을 실행해나가
는 과정에서 구축된 식민지 도시 군산의 공간적인 표상을 분석하
는 작업이었다. 다른 하나는 일본 자본의 식민 수탈의 첨병 역할
을 담당했던 미두장의 장소성을 분석하는 작업이었다. 두 가지 작
업의 분석 결과를 요약·정리하는 것으로 이 글의 결론을 갈무리
하고자 한다.

---

32   변화영, 「소설과 민족지의 경계 넘기: 『탁류』의 경우」, 87면.

일제의 식민 지배 이후 군산은 본격적인 식민지 도시로 성장해나간다. 그 과정에서 1930년대 군산의 주거 공간은 집중적인 식민 지배를 받은 식민지 조선의 대부분 도시들과 마찬가지로 민족을 축으로 한 공간적인 위계나 차이가 명확하게 구획된 전형적인 식민지 이중도시의 특징을 선명하게 보여주고 있었다. 구체적으로 일본인이 거주하던 동남부의 거주 공간은 인구 밀도가 현저하게 낮을 뿐만 아니라 도로나 상·하수도 시설을 비롯한 도시 인프라 및 문화나 위생 시설 등에서 조선인들이 거주하던 북서부 구역과는 비교라는 말 자체가 무색할 정도로 극심한 차이를 보여주고 있었다. 100년이라는 세월이 흘러도 그 간격이나 간극이 극복되거나 해소될 것 같지 않아 보인다는 서술자의 절망적인 탄식은 그 위계나 차이가 어느 정도인가를 극명하게 압축하고 있다. 두 민족의 주거 지역에 선명하게 드러나는 그와 같은 공간적인 표상의 차이를 통해 채만식은 식민지 근대가 일본인들의 집요한 주장이나 선전과는 달리 철저하게 일본인을 위한 근대화였음을, 그런 점에서 근대화 과정에서의 일제의 식민 지배 유산이나 지분을 적극적으로 평가하자는 최근의 식민지 근대화론이 실상과는 거리가 먼 허구적인 이데올로기임을 당시 현장에서의 생생한 관찰과 경험을 통해 선취하고 있다.

한편 채만식은 이 작품에서 가장 선명한 장소성을 드러내고 있는 미두장의 본질이 철저하게 일본 자본의 이윤 추구를 위한 수탈 기구였음을 예리하게 포착하고 있다. 구체적으로 수탈 기구

채만식의 민족문학

로서의 미두장의 본질을 선명하게 드러내기 위해 서술자는 미두장과 주변의 도로들을, 인간의 생명 유지와 관련해서 가장 중요한 기관인 '심장'과 '대동맥'이라는 신체적인 메타포를 통해서 비유하고 있다. 그리고 미두장 주변에 은행과 중매점들을 즐비하게 포진시킨 공간적인 배치의 의도를, 먹잇감의 포획을 위한 정교한 장치인 '거미줄'이라는 메타포를 통해 비유하고 있다. 이러한 메타포의 구사를 통해 채만식은 미두장의 개설이 궁극적으로 일본 자본의 수탈을 용이하게 하기 위한 치밀한 계산과 전략에서 출발했음을 예리하게 비판하고 있다. 그 연장선에서 채만식은 공식적으로는 미곡취인소라는 명칭의 미두장을 아예 '도박장' 또는 '치외법권이 인정된 공동조계'로 규정하고 있다. 이러한 규정을 통해 채만식은 당시 미두장이 정상적인 미곡 거래 시장이라기보다는 10%의 증거금을 판돈으로 갖은 협잡과 농간이 난무·횡행하던 노름판에 불과했음을 비판하고 있다. 더 나아가 미두장의 주변 지역 또한 일제 식민 지배 권력의 비호를 등에 업은 일본 자본이 조선의 법적인 구속이나 제약으로부터 자유로운 상태에서 온갖 감언이설과 혹세무민의 간계를 동원하여 조선인들의 재산을 합법적으로 유린하는 것을 가능하게 했던 일종의 경제 특구였음을 통렬하게 비판하고 있다.

'식민지시대의 조선 미곡 시장의 투기 열풍은 1939년 일제 당국이 미곡을 전쟁 수행을 위한 '통제물자'로 규정하면서 가라앉기 시작하는 한편 투기를 조장하던 장소인 '미곡취인소'또한 그해 발동한 '조선미곡배급조정령'에 의해 폐쇄'[33]되어 역사의 창고에 봉인되는 운명을 맞이하게 된다. 『탁류』의 공간 표상 분석을 통한 군산의 지정학을 작성하는 과정에서 미두에 손을 댔다가 패가망신하는 정주사의 몰락을 지켜보면서 씁쓸한 생각 한 가지를 못내 지울 수가 없어 착잡한 심정이다. '개체 발생은 계통 발생을 반복한다'는 헤켈의 진화론적 명제를 입증이라도 하듯, 미두 열풍에 이은 1930년대 후반 식민지 조선에서의 금광 열풍, 그리고 최근의 주식 투자 및 가상 화폐의 열기에 편승하여 투자에 뛰어들었다가 상품 가격의 등락에 따라 일희일비, 감정의 롤러코스터를 타다가 종당에는 가산을 탕진하고 몰락의 길로 들어서는 불행한 운명의 수렁으로 빠져들었던 한국의 장삼이사의 처지가 정주사의 그것과는 과연 어느 정도의 거리가 있거나 다르다고 자신 있게 말할 수 있을까?

일거에 사람들을 비정상적인 광기의 블랙홀로 빨아들이는 투자 또는 투기의 열기와 열풍! 인간의 본성일까? 아니면 욕망일까? 불편한 질문을 던지면서 이 글을 매조지고자 한다.

---

33 한수영, 앞의 글, 262면 참조.

채만식 문학의
대일 협력과 반성의 윤리

채만식 문학의 대일 협력과 반성의 윤리

1. 들어가는 글

이제는 고전과 정전의 반열에 올라선 『역사란 무엇인가』라는 글에서 E.H 카아는 역사를 '과거와 현재의 끊임없는 대화'라는 유명한 명제로 정식화하고 있다. 이 명제를 통해서 카아가 전하고자 했던 문제의식의 핵심은 무엇이었을까? 과거 역사에 대한 객관적인 해석과 평가가 가능하기 위해서는 고정불변의 실체로서의 과거의 역사적 사실과 해석 및 평가 주체로서의 현재의 역사가 사이에 생산적인 긴장과 대화가 겯고 트는 대화적 관계가 중요롭다는 점이었을 것이다. "현실의 여러 집단의 이해관계가 충돌하는 이데올로기적 투쟁의 공간"[1]으로서의 역사 서술은 과거의 역사적 사실을 바탕으로 해야 하지만 그 사실들 가운데 무엇을 선택하고

---

1   고명섭, 『담론의 발견』, 한길사, 2006, 325면.

무엇을 배제하고 또 어떻게 해석하고 평가하는가 하는 문제는 전적으로 역사적 사실을 대상화하는 역사가 고유의 임무이기 때문이다. "모든 역사는 현재의 해석이라고 해도, 사실의 강제력에서 자유로울 수 있는 역사 또한 존재하지 않는다"[2]거나 "역사는 과거의 사건이면서 동시에 그것의 현재적 기술이다"[3]라는 지적은 카아의 문제의식의 정곡을 꿰는 적실한 통찰이다. 사실, 과거의 역사적 사실 자체부터가 당시 역사가의 해석과 평가에 의한 선택과 배제의 결과, 따라서 담론적 구성일 수 있다는 점에서 역사의 본질과 관련된 그러한 지적이나 진술들은 충분한 설득력을 지닌다. 역사의 아버지인 헤로도토스를 '거짓말의 아버지'라고 규정하는 냉소적인 뒤틀기가 설득력을 지니는 것도 그러한 맥락에서일 것이다. 그러한 사정이나 맥락은 역사학계를 비롯한 우리의 근대 지성사에서 가장 예민한 주제들 가운데 하나이자 오랜 세월 금기의 대상으로 역사의 창고에 봉인되어 온 일제 식민지 시대 지식인들의 친일 문제에 대해서도 마찬가지이다.

"중일전쟁기는 이전까지의 '동요모색'의 시기와 분명히 구별되는 '대량 전향의 시대'라고 할 수 있을 것이다"[4]라는 지적에

---

2   공임순, 『식민지의 적자들』, 푸른역사, 2005, 202면.

3   위의 책, 387면.

4   홍종욱, 「중일전쟁기(1937-1941) 사회주의자들의 전향과 그 논리」, 서울대학교 대학원 석사학위 논문, 2000.2, 22면.

서 확인할 수 있는 바와 같이, 식민지 조선 지식인들의 친일은 거의 대부분 중일전쟁 이후에 이루어진다. 어떤 선택이든지 그 당사자에게는 크고 작은 감정 노동과 신경소모의 부하가 걸릴 수밖에 없는 게, 따라서 그 과정에는 복잡한 변수들이 작용할 수밖에 없는 게 이 세상사의 일반 문법이자 상식일 터이다. 사정이 그러할진대 한 개인의 실존의 근거를 뒤흔들 정도의 극심한 분열과 갈등을 강요했을 전향이나 친일의 길로 들어서는 과정에서 작용했을 변수들은 그러한 선택들과는 비교도 할 수 없을 정도로 복잡했을 것이다. 일제의 식민지배 역사와 식민지 조선 지식인들의 전향에서 결정적인 변곡점을 형성하는 중일전쟁 이후 다양한 요인이나 변수들이 복합적으로 작용하면서 중층결정된 친일 문제는 따라서 결코 단순한 문제가 될 수 없다. '시대의 압력'과 '주체의 윤리' 사이에서의 위태로운 곡예의 형국에 비유할 수 있을 친일 문제를 제대로 해명하기 위해서는 그것을 둘러싼 복합·중층적인 변수들을 총체적으로 고려해야만 하는 것도 그러한 이유에서이다. 따라서, 단선적인 재단이나 환원의 논리를 통해서는 그 복잡한 실상에 접근하기 어려운 친일 문제의 중층성을 제대로 해명하기 위해서는 그 결과만 보아서는 안 된다. 그 동기나 배경, 시기나 과정, 강도나 빈도 등과 같은 다양한 변수들을 두루 천착하고 섭렵해야 한다. 그러한 맥락에서 "더 이상 친일파 문제를 '윤리적 관점'에서 '비난'하는 시각은 역사 연구의 올바른 태도는 아닌 것

같다……'역사적' 맥락에서 '비판'해야 한다"[5]라는 통찰은 친일 문제를 둘러싼 한국문학 연구장에서도 유효해 보인다.

한국 근대 문학사의 그림자에 해당하는 친일문제를 해석하고 천착하는 작업에서 지양해야 할 편향은 두 가지라고 생각한다. 하나는 식민지 조선의 지식인들 가운데 친일로부터 자유로울 수 있는 사람이 과연 얼마나 될까라는 상황논리를 들어 변호하고자 하는 '무차별적 온정주의'이다. 다른 하나는 과도한 민족주의적 열정과 추상 같은 역사 논리를 배경으로 무조건 타매부터 하고 보는 '윤리적 근본주의'이다. 이 두 가지의 편향은 모두 친일의 문제를 해석하고 평가하는 과정에서 고려해야 할 다양한 변수들을 충분하게 존중하지 않고 있기 때문이다. 이와 관련하여 "명백한 친일파라 하더라도 오직 단죄하는 수준으로 나아가서는 진정한 의미의 극복도 이루어지지 않는다"[6]라는 지적이나 "'친일'의 문제는 아직도 아물지 않은 민족사의 상처로서 우리가 '더불어' 부끄러워해야 할 문제일망정 한두 개인의 윤리 문제로 환원시켜 손쉽게 욕해 버리고 말 일이 결코 아니다"[7]라는 지적은 의미 있는 통찰이

---

5   김상태 편역, 「일제하 윤치호의 내면세계와 한국 근대사」, 『윤치호 일기』, 역사비평사, 2005, 47면.

6   최원식, 「한국 문학의 근대성을 다시 생각한다」, 민족문학사연구소 엮음, 『민족문학과 근대성』, 문학과 지성사, 1995, 56면.

7   김병걸·김규동 편, 『친일문학작품선집』, 실천문학사, 1986, 5면.

아닌가 한다.

채만식의 대일 협력과 반성의 윤리를 해석하고 천착해보고자 하는 목적에서 출발하는 이 글의 논의는 크게 두 가지 방향에서 진행될 것이다. 하나는 채만식의 대일 협력이, 김재용이 친일문학의 결정적인 심급으로 설정하고 있는 자발성과 내적 논리를 갖춘 것인가를 살펴보는 작업이다. 다른 하나는 「민족의 죄인」을 통해서 밝히고 있는 자신의 역사적 과오에 대한 채만식의 반성이 일부 연구자들의 지적처럼 어설픈 자기 합리화나 변명인가를 살펴보는 작업이다.

2. '자발성'과 '내적 논리'의 내파

1924년 『조선문단』 3호에 「세 길로」라는 단편을 통해 등단한 이후 채만식은 항상 식민지 조선의 구체적 현실을 기항지로 삼아 자신의 문학적 항해일지를 작성해왔다. 다양한 장르에 걸쳐 작성한 채만식의 풍성한 문학적 항해일지에는 기상조건이나 목적지에 따른 변화나 변모가 당연히 존재하고 있다. 하지만 그러한 변모나 변화에도 불구하고 그의 문학적 항해의 중심에는 항상 당대 식민지 조선이 당면한 구체적 현실 문제를 천착하고 그에 대한 대안을 모색하고자 하는 치열한 고민과 문제의식에 튼실한 뿌리를 내린 리얼리즘의 지향이 시종 일관하고 있다. 그리고 그 리얼리즘의 지향을 지탱해주는 강력한 원군으로 작용했던 힘은 "문학을 고려자기나 사군자와 같이 치는 사람이라면 몰라도 문학이 작으나마 인류역사를 밀고 나가는 한 개의 힘일진대, 한인(閑人)의 소장(消長)거리나 아녀자의 완롱물에 그칠 수는 없는 것이라고 나는 목이 부러져도 주장하는 자"[8]라는 문학관을 천명할 정도로 분명한 역사의식이었다. 채만식의 문학 지형에서 당대 식민지 조선의 현실이 당면한 두 가지 시대적 과제였던 전통적인 가족제도와 자본주의(식민지) 근대의 억압과 폭력에 대한 치열한 대결의지나 처벌의지가 반복강박의 양상을 보이면서 기원을 형성하는 것도 자신의 문학적 항해를 통해 식민지 조선의 구체적 현실을 정직하게 탐색하고자 했던 역사의식과 리얼리즘의 지향과 밀접한 관련이 있다.

그런데 『문학의 모험』과 『채만식의 항일문학』을 통해 채만식의 문학을 친일문학으로 규정하는 김재용을 비롯한 친일문학 논자들의 해석이나 평가에 정면으로 충돌하는 최유찬의 문제제기에도 불구하고 일제 말기 채만식은 『여인전기』나 「냉동어」 등의 소설과 시사 평론이나 논설을 통해 일제의 식민주의 이데올로기에 동조하거나 총동원체제에 협력하는 글들을 남기고 있다. 특히, 「문학과 전체주의」(삼천리, 1941.1), 「시대를 배경하는 문학」(매

---

8   채만식, 「자작안내」, 『청색지』 5, 1939.5.

일신보, 1941.1.5,10,13-15), 「대륙경륜의 장도, 그 세계사적 의의」(매일
신보, 1940.11.22,23) 「자유주의를 청소」(삼천리, 1941.1), 「위대한 아버
지 감화」(매일신보, 1943.1.18), 「추모되는 지인태 대위의 자폭」(춘추,
1943.1), 「홍대하옵신 성은」(매일신보, 1943.8.3) 등과 같은 글을 통해
식민주의 이데올로기에 동조하거나 총동원체제에 협력하는 채만
식의 대일협력은 너무나도 분명하여 그 어떤 논리나 명분으로도
변호의 여지가 없어 보인다. 그렇다고 해서 채만식을 친일문인으
로 단정하는 규정이 아무런 이음매나 봉합의 흔적이 없이 말끔하
게 정당성을 확보하는 것도 아니다.

이 문제와 관련하여 김재용의 『협력과 저항』은 면밀한 검토
를 필요로 한다. 2002년 8월 14일 민족문학작가회의가 발표한 친
일문인 42인의 명단과 함께 김재용의 그 저술은 채만식의 문학을
친일문학으로 규정하는 데 결정적인 역할을 하고 있기 때문이다.

> 우리의 통념과 달리 친일은 철저하게 자발적이다. 자발적
> 이지 않은 것은 친일 협력이라고 부를 수 없다는 것이 필자
> 의 판단이다. 또한 친일이 자발적이기 때문에 거기에는 항
> 상 내적 논리가 따른다. 내적 논리 없는 자발성이란 생각할
> 수 없는 것이다.[9]

---

9   김재용, 『협력과 저항』, 소명출판, 2004, 27면.

필자가 판단하건대 이 시기(중일전쟁 이후)의 친일은 다음 두 가지 점에서 드러난다고 본다. 하나는 대동아공영권의 전쟁동원이다……

다음은 내선일체의 황국신민화이다……대동아공영권의 전쟁 동원을 수행하기 위해서는 내선일체의 황국신민화라는 작업이 불가피하다……

이처럼 대동아공영권의 전쟁 동원과 내선일체의 황국신민화라는 두 가지 입장을 글에 담아내면서 선전한 문학이 바로 친일문학이고, 이런 작품을 쓴 이들이 친일문학가이다.[10]

채만식은 동북아에서 전개되고 있는 새로운 국제적 현실을 보면서 나름대로 가야 할 길을 선택한 것이고, 이는 외면적 정세 파악을 넘어서 내면화되어 작품화의 충동에까지 미치고 있는 정도임을 알 수 있다……

채만식은 이러한 역사적 해석을 과감하게 시도하면서 자신의 새로운 진로, 즉 신체제에의 희망을 드러내고 있다……

『여인전기』에 이르면 채만식의 친일 파시즘에의 경사가 한층 내면화되어 가고 있으며 또한 현재의 관점에서 과거의 역사를 통일적으로 바라보기 시작함으로써 자기완결적 성

---

10 위의 책, 58-59면.

격을 갖추고 나가고 있음을 알 수 있다.[11]

　친일문학 논의의 선편을 쥐고 있는 이 글에서 김재용은 중일
전쟁 이후 친일문학의 두 가지 핵심 내용으로 '대동아공영권의
전쟁동원'과 '내선일체의 황국신민화'를 들고 있다. '대동아공영
권의 전쟁동원'과 '내선일체의 황국신민화' 담론은 중일전쟁 이
후 애초의 예상과는 달리 전쟁이 장기화의 조짐을 보이는 한편
전선이 확장되는 과정에서 객관적인 전력에서 약세에 있던 일제
가 식민지 조선의 젊은이들을 전쟁에 동원하기 위해 개발한 지배
이데올로기로 기능했다. 그러한 점에서 그 두 가지 담론을 친일문
학의 결정적인 심급으로 설정하는 김재용의 논의는 충분한 설득
력을 지니고 있다. 그리고 김재용의 글은 한국의 근대 지성사나
사상사에서 '판도라의 상자'나 '뜨거운 감자'가 될 수도 있는 친
일문학의 기준을 명쾌하게 설정하고 있다는 점에서 평가하지 않
을 수 없다. 더욱이 김재용의 『협력과 저항』은 임종국의 『친일문
학론』 이후 답보나 지체를 면하지 못하고 있던 친일문학 논의의
르네상스를 촉발하고 자극하는 결정적인 계기가 된다는 점에서
도 대단히 중요한 의미와 의의를 지닌다. 또한 친일문제는 과거완
료로 이미 종결된 사안이 아니라 인간 일반의 권력의지나 욕망의

11　위의 책, 103-111면.

회로와 관련된 현재와 미래의 사안이라는 점에서, 그리고 현재와 미래의 '상징계의 대타자'나 '아버지의 이름'으로 기능할 수 있다는 점에서도 김재용의 작업이 지니는 무게감은 결코 가볍지 않다.

하지만 김재용의 글은 친일문학이나 친일문인의 결정적인 심급으로 설정한 '자발성'과 '내적 논리'의 개념적 정합성 문제에서 재고의 여지가 있어 보인다. 일반적인 맥락에서 자발성은 그 어떤 외부의 간섭이나 압력이 없는 자유로운 상태에서 주체의 신념이나 세계관에 바탕을 둔 자발적인 의지에 의해 이루어진 결정이나 선택을 의미한다. 그리고 내적 논리란 그러한 결정이나 선택을 매개로 개발한 논리적 체계와 일관성을 지닌 담론을 의미한다. 사정이 그러하다면 채만식의 친일이 과연 그와 같은 자발성과 내적 논리를 지니고 있는 것일까?

8월 1일로 뜻깊고 감격 큰 조선의 징병제도는 마침내 실시가 되었다. 이로써 조선땅 2천 4백만의 백성도 누구나 다 총을 잡고 전선에 나아가 나라를 지키는 방패가 될 자격이 생겨진 것이다. 조선동포에 내리옵신 일시동인(一視同仁)의 성은(聖恩) 홍대무변(鴻大無邊)하옵심을 오직 황공하여 마지 아니할 따름이다. 2천 4백만 누구 감읍치 아니할 자 있으리요……

그러나 이 소화 18년 8월 1일 역사적인 날로부터는 조선 2천 4백만의 백성도 어깨가 우쭐하여 "나도 오늘부터는 황국신민으로 할 노릇을 다하는 백성이로라" "나도 오늘부터는

채만식의 민족문학

천하에 부끄럽지 아니한 황국신민이로라"고 큰소리를 쳐도 좋게 되었다.[12]

나라를 위하여 피를 흘리지 못하는 백성은 국민 될 참다운 자격을 가지지 못한 백성일 것이다. 그런 의미에서 저 '노몬한' 사건 당시 외몽고의 쌍패자 부근 상공에서 장렬한 전사를 하여 지금은 정국신사(靖國神社)에 그 영령이 뫼시어 있는 고 지인태 육군 항공병 대위야말로 조선 2천 4백만 민중이 비로소 제국신민으로서의 의무와 자랑을 누리기 시작하게 된 최초의 영광을 차지한 용사라고 하여야 할 것이다.[13]

식민지 조선의 청년들을 침략 전쟁에 동원하고자 실시한 징병제의 당위성을 주장하거나 침략전쟁에 참전하여 전사한 지인태 대위를 기리는 글에서 '대동아공영권의 전쟁동원'과 '내선일체의 황국신민화'에 동조하는 채만식의 내면을 확인하는 일은 어렵지 않다. 따라서 담론 자체의 층위만을 가지고서 접근할 때 채만식의 글들은 친일문학의 규정으로부터 피해갈 도리가 없어 보인다. 하지만 과연 채만식의 그러한 문자 행위가 김재용의 주장처럼 자발

---

12   채만식, 「鴻大하옵신 聖恩」, 『매일신보』, 1943.8.3.
13   채만식, 「追慕되는 池麟泰 大尉의 自爆」, 『春秋』, 1943.1.

성과 내적 논리에 기초하여 이루어진 적극적인 행위인가에 대해서는 선뜻 동의하기 어려운 점이 있다. 왜 그러한가?

먼저 내선일체의 황국신민화론과 대동아공영권의 전쟁동원 담론은 채만식이 자신의 주체적 신념이나 세계관에 바탕을 둔 자발적인 의지를 매개로 하여 개발한 논리가 아니라 중일전쟁 이후 전쟁이 장기화되고 전선이 확장되는 과정에서 식민지 조선의 청년들을 전쟁에 동원하기 위해 일제가 개발한 이데올로기라는 점을 들 수 있다. 내선일체는 미나미 지로의 제7대 조선 총독(1936-1942) 부임 이후 일제의 식민 권력이 효율적인 전쟁 동원의 명분을 확보하기 위해 그 이전의 내선융화 정책에 내포된 식민주의를 훨씬 더 강화한 지배 이데올로기다. 그리고 대동아공영권은 총력전 체제로 돌입하게 되는 태평양 전쟁을 계기로 중일전쟁 시기에 제출된 "동아신질서 구상을 실현할 사상으로 제창되어 일본 국내 정치에 적극적으로 개입"[14] 한 '동아협동체론'이나 '동아연맹론'[15] 과 같은 전략적 제휴론을 확장시킨 이데올로기다. 그것들의 제출 시기나 구체적인 함의에서 약간의 차이가 있음에도 불구하고 내선일체나 대동아공영권의 두 담론 모두 식민지 조선의 인적·물적

14　정종현, 『동양론과 식민지 조선 문학』, 창비, 2011, 87면.

15　동아협동체론, 동아연맹론, 대동아공영권의 구체적인 내용에 대해서는 정종현 위의 책, 84-129면, 윤건차/이지원, 「근대 일본의 이민족 지배」, 『한일 근대사상의 교착』, 문화과학사, 2003 참조.

자원을 만주사변에서 태평양 전쟁으로 확전되는 대륙 침략전쟁에 효율적으로 징발하기 위한 전쟁 동원 이데올로기라는 점에서는 조금도 다를 바가 없다.

구체적으로 중일전쟁 이후 전시동원체제를 구축한 일제의 식민권력은 '국민정신 총동원조선연맹'과 '국민정신 총력연맹'[16]과 같은 억압적인 국가기구와 이데올로기적 국가 장치를 통한 규율권력 장치의 작동을 통하여 내선일체의 황국신민화론과 대동아공영권의 전쟁동원 이데올로기를 노골적으로 강제하기 시작한다. 실제로 이 시기 일제의 식민권력은 두발과 복장을 규제하거나 생활신체제 운동의 구체적인 지침을 제시하는 등 다양한 수준의 실천 요목이나 동원 행사와 같은 미시적 일상 수준의 감시와 통제 시스템을 통하여 식민지 조선의 대중들을 국책에 '순응하는 신체'로 영토화하는 작업에 골몰했다. 작가들이라고 해서 이러한 사정으로부터 자유로울 수 없었다.

"중일전쟁 이후에는 일제의 강요가 외적으로 강고하게 이루어지고 있던 상태이다. 어떤 것을 금지하는 것이 아니고, 이러이러한 것으로 쓰라고 요구하는 시대였다. 이런 상황이기 때문에 이 시대를 산 작가들은 글을 쓰는 경우 어떤 방식으로든지 이러한

---

16 국민정신 총동원 조선연맹과 국민정신 총력연맹을 통한 전시동원체제의 수립 및 구체적인 내용과 함의에 대해서는 최유리, 『일제 말기 식민지 지배정책 연구』, 국학자료원, 1997, 65-177면 참조.

외적 강요로부터 자유롭지 못하였다"[17]는 지적처럼, 중일전쟁 이후, 특히 식민지 조선의 모든 인적·물적 자원의 효율적인 전쟁 동원에 광분하던 태평양 전쟁 이후의 시기에 내선일체나 대동아공영권과 같은 "지배이데올로기는 검열이라기보다는 따라가지 않을 수 없었던 폭력, 그것도 거절할 수 없는 폭력"[18]이었다. 구체적으로 일제의 식민 권력은 1939년 새로운 국민문학의 건설과 내선일체의 구현을 창립 취지로 내세우며 결성된 '조선문인협회'의 명칭을 미드웨이 해전을 기점으로 일제의 패색이 짙어지던 1943년에 '조선문인보국회'로 변경하게 한다. 이어서 "표면적으로는 문예잡지의 기본 형식을 취하고 있었지만, 내용에 있어서는 전쟁과 일본 국가주의의 선험적 틀로 작용"[19]하고 있었던『국민문학』(1941년 11월 창간)이외의 다른 모든 문예 잡지들을 강제 폐간한다. 이러한 일련의 사태들은 문학마저도 국가주의 이데올로기의 선전 선동 도구로 식민화하지 않으면 안 될 정도로 절박했던 당시의 상황을 극명하게 보여주고 있다. 한마디로 그 당시 작가들은 창작 지침을 통하여 하달된 국가주의 이데올로기를 반영하는 국

---

17   김재용, 앞의 책, 50-51면.

18   채호석, 「검열과 문학장」, 동국대학교 문화학술원 한국문학연구소 편, 『식민지시기 검열과 한국문화』, 동국대학교출판부, 2010, 50면.

19   문경연, 「잡지『국민문학과』과 '좌담회'라는 공론장」, 문경연 외 역, 『좌담회로 읽는『국민문학』, 소명출판, 2010, 11면.

책문학을 통해 보국할 것을 강요당하던 상황에 놓여 있었다. 「민족의 죄인」의 분석 과정에서 구체적으로 살펴보겠지만, 채만식의 대일 협력은 이러한 시대상황과의 관련 속에서 소극적으로 선택한 결과로 보인다. 다시 말해 채만식의 대일협력은 그 바탕에 시대의 압력이 핵심 동인으로 작용했던 것으로 보인다. 그리고 그 선택 과정에서 실존의 근저를 흔들 정도로 극심한 동요와 혼돈을 경험했던 것으로 보인다. 따라서 채만식의 경우를 자발성과 내적 논리를 지닌 친일로 규정하는 김재용의 논의는 설득력이 부족해 보인다.

한편, 김재용은 '편협한 언어민족주의', '일제 말 사회단체의 참여 여부로 친일을 규정하는 태도', '창씨개명을 친일의 지표로 삼는 태도'[20]만을 척도로 삼아 친일을 규정하는 접근 방식은 친일문학의 소박한 이해라고 주장하고 있다. 그와 비슷한 맥락에서 내선일체의 황국신민화와 대동아공영권의 전쟁동원을 결정적인 척도로 삼아 친일로 규정하는 김재용의 논의 또한 텍스트에 드러난 결과만을 근거로 한 접근일 수도 있다는 점에서 재고를 요한다. 물론, 예나 지금이나 문인들의 자기존재 증명의 본질적인 도구이자 최종 심급으로 기능한다는 점에서 글쓰기 행위를 친일 규정의 결정적인 기준으로 설정하는 것 자체는 문제가 될 수 없다. 따라

---

20   이에 대해서는 김재용, 앞의 책, 50-57면 참조.

서 글쓰기 행위 자체와 언어나 사회단체 참여 여부 및 창씨개명을 평면적으로 비교하여 형평성을 문제 삼는 것은 논리의 비약일 수도 있다. 하지만 그렇다고 하더라도 "이 시기에는 망명을 하거나 혹은 시골에 묻혀 절필을 하지 않는 한, 시대적 색채가 작품에 묻어날 수밖에 없다"[21]라고 스스로가 인정하고 있는 바와 같이, 내선일체의 황국신민화와 대동아공영권의 전쟁동원을 주장하는 글들을 모두 자발성과 내적 논리를 지닌 친일로 규정하는 해석은 설득력이 부족해 보인다. 식민주의 이데올로기나 신체제론을 옹호하거나 승인하는 결과에 있어서는 동일하다고 할지라도 그런 글을 쓰게 된 동기나 배경에서는 의미 있는 차이가 있을 수 있기 때문이다. 그리고 만일 그러한 차이가 있다면 섬세한 천착을 통해 그 차이를 밝혀내는 작업이 이어져야 온당할 것이다. 그러한 맥락에서 "작가적 양심에 괴로워하면서 그럼에도 그런 종류의 글을 발표하지 않을 수 없는 곤경에 대한 연민으로부터 되도록 옹호적으로 독해하는 자세가 절실하다"[22]는 주장은 특히, 채만식의 대일협력과 관련해서는 의미 있는 통찰이라고 생각한다.

물론, 내선일체의 황국신민화와 대동아공영권의 전쟁동원을

---

21 위의 책, 51면.

22 유종호, 「친일시에 대한 소견」, 『시인세계』 2006년 봄호, 28-34면, 최원식, 「친일문제에 접근하는 다른 길」, 『창작과 비평』 2006년 겨울호, 374면에서 재인용.

주장하는 글들을 발표한 문인들의 친일이 모두 채만식의 경우처럼 시대의 압력에 의한 타율적인 강제에 의해 소극적으로 선택한 행위라는 의미는 아니다. 그들 가운데는 1939년 10월 조선총독부 학무국의 주선에 의해, 문인의 대동단결과 문필보국을 통해 중일전쟁과 태평양 전쟁으로 이어지는 총력전 체제를 지원하기 위해 결성된 조선문인협회의 회장으로 취임한 이광수나 "조선인에게 일본 국민으로서의 정체성과 사명감을 함양하기 위해 고안"[23]된 국책문학인 '국민문학'을 잡지의 표제로 내세운『국민문학』의 편집 겸 발행인으로 일했던 최재서의 경우처럼, 일제 말기의 문학장에서 중추를 담당하면서 식민지 조선 문단의 여론과 흐름을 총력전 체제에 복무하는 방향으로 주도한 문인들도 있었기 때문이다. 하지만, 채만식의 경우는, 본인 스스로 '신경질 제3기'로 규정할 정도로 깔끔 예민하고 바자위었던 그의 성정이나 기질. 친일의 길을 들어서는 과정에서 경험한, 실존의 근거를 뿌리째 흔들 정도로 혹독했던 극도의 심리적 갈등과 내면의 분열[24]. "1942년 12월 말경 이석훈이 단장이 된 시찰단의 일원으로 이무영·정인택·정비석 등과 함께 간 만주에서 채만식은 웃지도 않고 말도 없이 묵

---

23   문경연, 앞의 글, 10면.

24   이에 대해서는 공종구, 「채만식의 친일에 나타난 친일의 경로와 동기」, 『한국 현대소설의 윤리』, 박문사, 2009, 89-122면 참조.

묵히 따라다니기만 했다"[25]는 안수길의 회고. 그리고 「민족의 죄인」을 통해서 보여준, 자신의 역사적 과오에 대한 고백과 반성 등여러 가지 변수들을 고려할 때 이광수나 최재서의 경우와는 사뭇다르다. 따라서 윤리적 관점에의 비난이 아닌 역사적 맥락에서의비판을 친일파 문제에 접근하는 바람직한 역사연구의 태도로 들면서 "친일의 시기, 강도, 조건, 논리 등을 기준으로 친일파들을범주화할 필요가 있다"[26] 지적은 매우 적절해 보인다.

3. 대일 협력/친일의 네 범주와 유형

대부분의 식민지 조선의 문인들이 친일의 길로 들어서게 되는일제 말기(1937-1945)는 식민지 조선의 전 영역에서 천황제 파시즘과 군국주의 이데올로기의 광기가 광분하던 상황이었다. 출판문화의 영역 또한 그 상황에서 자유로울 수 없었다. 1940년 제 2차 코노에 내각의 출범에 이어 성립된 '출판신체제'[27]는 식민지 조

---

25   염무웅, 「식민지 민족 현실과의 대결」, 『혼돈의 시대에 구상하는 문학의논리』, 창작과비평사, 1995, 216면.

26   김상태, 앞의 글, 47면.

27   출판신체제의 성립과정과 구체적인 내용에 대해서는 이종호, 「출판신체제의 성립과 조선문단의 사정」, 와타나베 나오키·황호덕·김응교, 『전쟁하는 신민, 식민지의 국민문화』, 소명출판, 2010, 349-380면 참조.

선에서 출판되는 거의 모든 출판물들의 전 영역에 대해 전면적인 통제와 검열을 실시하게 된다. "제국주의 권력의 사상관리에 대한 보다 총체적인 이해에 바탕"[28]하여 이루어진 이 시기의 출판물에 대한 통제와 검열 수준은 그 이전과는 차원 자체가 달랐다. 구체적으로 출판물에 대한 이 시기의 통제와 검열 수준은 그 이전의 "규제 지향적이고 처벌 중심적인 소극적(negative) 검열과는 다른, 말하자면 적극적(positive) 검열로서, 미리 편집 지침을 제공하고 각종 좌담회를 통해 총력전 시대 문학이 어떠해야 함을 사전에 통지하는 검열방식"[29]이었다. 이와 같이 엄혹한 검열 상황에서 총력전 체제에 적극 복무하는 국가주의 이데올로기를 반영하는 문학 이외의 다른 작품들은 공식적인 활자화의 은전을 누리기 어려웠다. 이러한 상황에서 '쓸 것인가? 말 것인가?', '계속 쓰게 된다면 어떤 작품을 어떻게 쓸 것인가?' 하는 문제들은 건곤일척의 절박한 무게감으로 식민지 조선의 작가들의 실존을 압도하게 된다. 천황제 파시즘과 군국주의의 광기와 폭력이 실존의 결단을 강제하고 강요하던 총력적 체제의 상황에서 식민지 조선의 작가들은 어떤 방식을 통해 그 상황을 감당하고 견디어 나갔을까?

---

28   김재영, 「회고를 통해 보는 총력전 시기 일제의 사상 관리」, 동국대학교 문화학술원 한국문학연구소 편, 앞의 책, 2010, 64면.

29   김인수, 「총력전기 일본어 글쓰기의 사상공간과 언어검열」, 공제욱·정근식 편, 『식민지의 일상, 지배와 균열』, 문화과학사, 2006, 530-531면.

큰 틀에서 보면 '협력'과 '저항'의 두 가지 유형으로 분류할 수가 있을 것이다. 그리고 이 두 범주는 그 정도나 강도에 따라 협력의 방식은 '소극적 협력'과 '적극적 협력'으로, 저항의 방식 또한 '소극적 저항'과 '적극적 저항'이라는 네 범주로 하위 분류할 수 있을 것이다. 먼저 소극적 저항은 절필이나 침묵을 통해 천황제 파시즘이나 총력전 체제에 대한 자신의 저항 의지를 드러내는 방식이다. 적극적 저항은 천황제 파시즘이나 총력전 체제의 야만적인 광기와 폭력을 정면에서 비판하는 글쓰기를 선택하는 방식이다. 소극적 협력은 당위와 존재의 괴리로 인한 심각한 주체의 분열과 갈등을 감내하면서 수동적으로 천황제 파시즘과 총력전 체제에 협력하는 길을 선택하는 방식이다. 마지막으로 적극적인 협력은 신념과 의지를 가지고서 천황제 파시즘과 총력전 체제에 적극 협력하면서 문단의 여론과 흐름을 그런 방향으로 주도하는 데 중추적인 역할을 담당하는 길을 선택하는 방식이다. 이 네 가지 범주 가운데 문제로 삼아야 할 방식은 적극적 협력의 경우[30]라고 생각한다. 그리고 특별한 구분이 없이 통용되는 소극적 협력과 적

---

30   일제 말기 연극영화인들의 친일 행각을 '자발적·적극적으로 지도적인 역할', '소극적 생계형', '도피와 저항'의 세 범주로 분류하면서 이 가운데 '자발적·적극적으로 지도적인 역할'의 경우만 문제가 된다고 주장한다. 이에 대해서는 이재명, 「식민지 조선의 국민 연극 연구」, 와타나베 나오키·황호덕·김응교, 앞의 책, 425면 참조.

채만식의 민족문학

극적 협력의 두 범주는 구분하는 게 바람직하다고 생각한다. 명칭 자체를 소극적 협력의 방식은 '대일 협력'으로, 그리고 적극적인 협력의 경우는 부정적인 함의가 훨씬 더 강한 '친일'[31]로 명명하는 게 좋지 않을까 생각한다. 그리고 김재용이 제시한 내선일체의 황국신민화와 대동아공영권의 전쟁동원의 동조 및 승인을 텍스트 내적 기준으로, '적극성'과 '주도성'을 텍스트 외적 기준으로 설정했으면 한다. 문제로 삼아야 할 친일은 이 두 가지 기준을 모두 충족시키는 대상에 한정하는 게 바람직하다고 생각한다.

이 네 가지 방식들 가운데, 문학의 영역에서마저 미시적인 감

---

31 친일문학(론)의 양상을 총체적으로 개관하고 있는 글에서 방민호는 '협력'이라는 용어가 막연히 일본을 지지하고 추수한다는 뜻을 내포하는 '친일'이라는 용어에 비해 체제에 대한 문학인들의 협조 행위를 구체적으로 지시하고, 또 그것에 정치적 해석을 기할 수 있도록 해 주는 장점을 가지고 있다는 이유를 들면서 협력이라는 용어의 상대적 비교 우위를 주장하고 있다. 이에 대해서는 방민호, 「일제 말기 문학인들의 대일 협력 유형과 의미」, 『일제 말기 한국문학의 담론과 텍스트』, 예옥, 2011, 30면. 한편 윤건차는 친일파의 형성 단계를 세 단계로 구분하고 있다. 첫 번째는 러일전쟁 전후로부터 보호조약, 병합조약에 의한 국권상실 시기에 솔선하여 매국 행위를 수행한 일진회의 멤버 및 병합 후 총독부에 매수된 귀족·관료·양반 유생들, 두 번째는 3·1 독립운동의 발생에 놀란 일본이 사태 수습을 위해 민족 분열 정책을 취하면서 적극적으로 포섭한 민족 자본가 및 지식인, 종교인 등, 세 번째는 중일전쟁 개시로부터 태평양전쟁 종료에 이르는 시기에 일본의 전쟁 협력 요구에 적극적으로 응한 문학자·지식인, 그리고 이 무렵 급증한 조선인 출신의 행정관리·군인·경관 등이다. 윤건차/이지원, 「식민지 지배와 천황제」, 앞의 책, 272-280면 참조.

시와 통제의 시선이 일상적으로 작동되던 총동원 체제에서 합법적인 글쓰기 행위를 계속하고자 했던 식민지 조선의 작가들이 선택할 수 있는 여지는 그리 많지 않았을 것으로 보인다. 가장 현실적인 선택지는 아마 소극적 협력의 방식이 아니었을까 생각한다. 특히, 채만식의 경우는 세 번째 방식의 전형을 전형적으로 보여준다는 점에서 문제적이다. 채만식은 '용감한 투사'의 유형하고는 거리가 먼 사람이었다. 그렇다고 '영악한 속물' 또한 결코 될 수 없는 사람이었다. '용감한 투사'도, 그렇다고 '영악한 속물'도 될 수 없는 경계인의 실존을 소유하고 있었던 채만식. 그러한 그에게 소극적 협력은 일제 말기의 야만적 폭력과 광기의 세월을 고통스럽게 감당하고 견디어내는 가장 현실적인 선택이었을 것이다. "제 쓰고 싶은 대로 쓰를 못해 내종(內腫)이 들어도", "소학교의 괘도감도 못되는 인체생리도를 그림 대신 문자로 그리고 앉았어도"[32]라는 울분과 탄식은 시대의 압력과 폭력에 저항하지 못하고 타협과 협력의 길로 들어서는 과정에서 감당해야만 했던 채만식의 고통과 죄의식의 증상이라고 할 수 있다.

게다가 채만식은 식민지 조선의 문단마저도 전쟁 동원의 선전 도구로 영토화하고자 일제의 식민 당국이 주도하여 결성한 조선문인협회나 조선문인보국회와 같은 문인단체의 활동에서도 주

32　채만식, 「자작안내」, 『청색지』5, 1939.5.

도적이거나 적극적인 적이 결코 없었다. 실제로 채만식은 1939년 10월에 결성된 조선문인협회의 30명 발기인 명단에도 들어가 있지 않다. 다만, 태평양 전쟁에서 패퇴하면서 결전체제에 돌입하던 무렵인 1943년 4월 기존의 조선문인협회의 외연과 규모를 대폭 확장한 조선문인보국회의 소설·희곡부 평의원 명단에 김남천 박태원과 함께 이름을 올려놓고는 있으나 실질적인 활동은 거의 하지 않은 것으로 보인다.[33] 이러한 점을 보더라도 채만식은 신념이나 논리로 무장하고서 친일의 길을 선택했을 것으로는 보이지 않는다.

4. 대일협력의 과정과 배경

소극적인 선택이기는 하나, 아니 소극적인 선택이었기 때문에, 게다가 자신의 깔끔하고 예민했던 성격이나 기질을 증명이라도 하듯이, 채만식은 대일 협력의 길로 들어서는 과정이나 그 이후의 반성에 대해서 비교적 소상하게, 그리고 정직하게 자신의 당시 심경이나 소회를 밝히고 있다. 먼저 채만식의 대일 협력과 반성에 이르는 과정은 네 단계로 구분할 수 있다. 첫 번째 단계는

---

33   이 두 단체의 구체적인 활동 상황에 대해서는 이중연, 『'황국신민'의 시대』, 혜안, 2003, 131-172면 참조.

'대일협력의 동요기'(1938-1939)이다. 이 단계를 대변하는 작품들로는 「소망」(1938), 「패배자의 무덤」(1939)을 들 수 있다. 이 작품들에서 지배적인 서사의 대상으로 초점화되는 모티프는 대일협력의 길로 들어서는 과정에서 채만식이 겪었을 극심한 내면 갈등과 정체성의 혼돈이다. 두 번째 단계는 '대일협력의 예비기'(1939-1940)로 이 단계를 대변하는 작품으로는 「냉동어」(1940)를 들 수 있다. 이 작품은 내선일체의 하위범주인 내선통혼이나 내선연애 모티프를 동원하는 서사 전략을 통하여 텍스트의 무의식 층위에서 대일 협력의 징후를 보여주고 있다. 세 번째 단계는 대일협력기(1940-1944)이다. 이 단계를 대변하는 글로는 『여인전기』(1944)와 시사 평론 등을 들 수 있다.[34] 이 글들을 통해서 드러나는 대일협력의 메시지는 너무나도 분명하다. 이 시기 발표한 글들은 대일협력 이전 및 해방 이후 발표한 작품들과의 단절과 균열이 너무 심하여 안타까움을 넘어 창작 주체의 신원을 의심하게 할 정도이다. 마지막 네 번째 단계는 '대일협력의 반성기'(1944-)로 이 시기를 대변하는 작품은 연구자들의 논의에서 반성과 변명의 왕복운동을 반복하고 있는 「민족의 죄인」(1948)이다.

---

34 '대일협력의 동요기' 논의에 대해서는 공종구, 「채만식의 친일에 나타난 친일의 경로와 동기」, 앞의 책, 89-122면 참조, '대일협력의 예비기'와 '대일협력기'의 논의에 대해서는 공종구, 「채만식의 소설에 나타난 친일과 반성」, 앞의 책, 123-146면 참조.

어떤 선택이든지 추상적인 진공상태에서 이루어지는 법은 없다. 그 배경에는 반드시 구체적인 사회 역사적인 맥락이나 실존의 정황 등이 동인으로 작용하기 마련이다. 채만식의 경우 또한 대일협력의 길로 들어서게 되는 데는 여러 가지 복합적인 요인들이 중층적으로 작용하였을 것으로 보인다. 앞서 살펴본 바와 같이, 채만식이 본격적인 대일협력의 길로 들어서기 시작하는 시기는 1940년을 지나면서부터였다. 신체제 수립을 목표로 선포한 제2차 코노에 내각이 출범하는 이 시기는 세계체제의 격변기였으며 일제의 천황제 파시즘과 군국주의의 야만적인 광기와 폭력이 식민지 조선 전역을 무차별적으로 접수하던 시기[35]였다. 식민지 조선의 모든 구성원들을 '순응하는 신체'로 주조하기 위한 미시적 감시와 통제의 시선이 전방위적으로 작동하던 상황에서 상당수 지식인들은 코노에 내각의 신체제 출범 이후 경쟁적으로 제출된 다양한 근대 극복 담론들 가운데 하나인 대동아공영권론이나 근대 초극론 등의 구속이나 강박으로부터 자유롭지 않았을 것이다. 물론 그 담론들이 표면적인 명분과는 달리 실상은 식민지 조선의 인적·물적 자원을 전쟁에 동원하기 위한 허구적인 이데올로기에 불과할 뿐이라는 사실을 간파했던 조선의 작가들도 적지 않았을

---

35 총동원체제 시기 일제의 전방위적 감시와 통제의 구체적 양상에 대해서는 최유리, 앞의 책과 방기중 편, 『일제 파시즘 지배정책과 민중생활』, 혜안, 2004 참조.

것이다. 하지만, 당시의 상황에서 그 담론들을 정면에서 부정하거나 비판하는 일은 경우에 따라서는 목숨을 담보로 해야 할 정도의 용기를 필요로 하는 모험이었을 것이다. 오히려 대부분의 식민지 조선의 작가들에게 그러한 담론들은 전향이나 대일 협력의 명분으로 삼거나 아니면, 민족적인 전망의 모색을 도모하기에 안성맞춤일 정도로, 따라서 거부하기에는 너무나도 매혹적인 유혹으로 다가왔을 가능성이 더 커보였을 수도 있다. 그리고 '해방은 도적처럼 온 것이었다'라는 지적처럼, 일제의 대중 조작과 이데올로기적 공세로 인해 객관적인 정세 파악에 어두울 수밖에 없었던 그 당시 대부분의 식민지 조선의 작가들은 식민지 조선의 해방은 무망한 것이라는 절망적인 생각들을 가지거나 급박하게 돌아가던 세계의 정세를 오판했을 수도 있다. 이 시기 적지 않은 식민지 조선의 작가들이 대일협력의 늪 속으로 빠져들게 되는 과정에는 그러한 시대상황이 일반적인 배경으로 작용하고 있다.

이러한 일반적인 배경 이외에 1939년의 개성독서회 사건[36]은 채만식으로 하여금 대일 협력의 길로 들어서게 한 결정적인 개인적 배경으로 작용했던 것으로 보인다. 당시 개성에서 채만식을 따르며 사숙하던 문학 청년들의 구속이 빌미가 된 이 사건으로 인해 채만식 또한 약 두 달간 경찰서 유치장에서 구금 생활을 경험

---

36 개성독서회 사건의 구체적인 전말에 대해서는 방민호, 「구금의 기억과 대일 협력 문제」, 앞의 책, 2011, 409-417면 참조.

한다. 이 기간 동안에 경험한 물리적 폭력과 정신적 압박으로 인해 극도로 위축된 채만식은 대일 협력의 유혹에 맞설 힘을 급격하게 상실하기 시작한 것으로 보인다. 이러한 상황에서 조선문인협회에서 채만식에게 보낸 '황군위문사절단' 파견[37] 관련 엽서는 채만식으로 하여금 대일 협력의 길로 들어서게 하는 데 결정적인 역할을 한 것으로 보인다.

> **이때에 나를 구원하여준 것이 생각지도 아니한 한 장의 엽서였다**……
>
> 문인협회로부터 북지 방면으로 황군위문대를 회원 중에서 파견하고자 하는데 그 구체적 협의회를 아무 날 아무 곳에서 열겠으니 참석하라는 엽서가 지난번 서울을 가기 조금 전에 온 것이 있었다. 바로 그 엽서였다. 나중 놓여나가서 알았지만 내가 놓여나가던 십여 일 전에 두 번째 와서 수색을 하였고, 그때에 잡지 틈사구니에 끼었다 떨어지는 이 엽서를 가져가더라고 집안 사람이 말하였다……
>
> **그것이 보람이 있기도 하였겠지만 결정적인 것은 역시 문인협회의 한 장 엽서였던 듯싶었다.**
>
> 문인협회에 대한 대답 가운데 요긴한 것은 임시로 그 자

---

37 '조선문인협회'의 결성과 '황군위문문단사절' 파견 과정에 대해서는 이중연, 앞의 책, 131-141면 참조.

리에서 나에게 유리하도록 꾸며낸 대문이 많았으나 **아무튼 대일 협력이라는 주권(株券)의 이윤(利潤)이 어떠하다는 것을 실지로 배운 것이 이 개성 사건이었다.**[38]

　'소설의 형식적 외피를 두른 일기'로 읽어도 무방할 정도로 사실 정보에 충실한 「민족의 죄인」을 통해 채만식은 자신과 가족을 보호하기 위해 대일 협력의 길로 나아가게 되었다고 고백하고 있다. 그리고 '아무튼 대일 협력이라는 주권(株券)의 이윤(利潤)이 어떠하다는 것을 실지로 배운 것이 이 개성 사건이었다'라는 단정적인 진술이 극명하게 함축하고 있는 바와 같이 개성 독서회 사건은 그 과정에서 결정적인 역할을 한 것으로 보인다. '유일한 생화(生貨)가 그때나 지금이나 매문(賣文)이요, 매문을 아니하고는 2합 2작의 배급쌀조차 팔 길이 없는 철빈'이라는 진술에서 확인할 수 있는 적빈이 여세와 같을 정도로 궁핍했던 상황 또한 채만식이 대일 협력의 길로 들어서는 과정에서 주변적인 변수로 작용했던 것으로 보인다.

38　채만식, 「민족의 죄인」, 『레디메이드 인생』, 문학과 지성사, 2008, 122-124면.

5. 반성의 윤리

이제 말도 많고 탈도 많은 「민족의 죄인」[39]을 검토해야 할 차례이다. 그 동안의 논의에서 반성과 변명의 왕복운동을 반복[40]해온 이 작품은 『백민』16, 17호(1948.10, 1949.1)에 분재되어 발표된다. 하지만, '1946년 5.19 향촌'에서라는 육필 원고 말미의 부기에서 알 수 있는 바와 같이, 이 작품의 탈고를 끝낸 시점은 1946년 5월이다. 탈고와 발표 시기에 2년 반의 시차가 존재한다. 이 숫자는 이 작품의 의미를 탐색하는 데 중요한 변수로 기능한다. 따라서 이 숫자는 단순한 숫자의 차이만은 아닌 것으로 보인다. 왜 그러한가?

「민족의 죄인」에 의하면 채만식이 이 작품의 탈고를 끝낸 시기는 해방 이후 상경했다가 1946년 4월 말경 P사에서 전직기자 윤으로부터 인격살인에 가까운 경멸과 모욕으로 인한 충격으로

---

39 이 글에서는 「민족의 죄인」에 대한 개별 작품론 차원의 미시적 분석 작업은 시도하지 않으려 한다. 그 작업에 대해서는 이미 박상준과 한형구가 밀도 있는 작품론을 발표한 바 있다. 두 연구자의 그 작업에 대해서는 박상준, 「「민족의 죄인」과 고백의 전략」, 이주형 편, 『채만식 연구』, 태학사, 2010과 한형구, 「작가의 존재와 자기 처벌, 혹은 대속」, 군산대학교 채만식연구센터 편, 『채만식 중·장편 소설 연구』, 소명출판, 2009 참조.

40 이에 대해서는 박상준, 「「민족의 죄인」과 고백의 전략」, 이주형 편, 앞의 책, 406-432면 참조.

인해 다시금 향리로 귀향한 직후의 시점이다. 이 무렵을 전후하여 채만식은 「맹순사」(1945.12.19 탈고, 『백민』3호, 1946.3·4 발표), 「역로(1946.4.24 탈고, 『신문학』 1946.6 발표), 「미스터 방」(1946.2.16 탈고, 『대조』1권 7호, 1946.7 발표), 「논 이야기」(1946.4.18 탈고, 『해방문학선집』 1946 발표) 등의 작품들을 발표한다. 이 작품들을 발표하던 시기는 일제 말기 대일 협력의 전력을 지닌 대부분의 문인들이 해방을 맞이하여 준열한 반성이나 참회를 통하여 자신들의 과오나 죄과를 정리하고 넘어가기보다는 새로운 질서로의 급격한 전환을 모색하던 당시 문단의 헤게모니 확보에 골몰하느라 여념이 없던 상황이었다. "조선의 해방은 아무래도 행운이요 감이 저절로 입에 떨어진 격"[41]이라는 진술에서 확인할 수 있는 바와 같이 해방의 본질을 정확하게 간파하고 있었던 채만식은 자신의 예상대로 '아직도 「치숙」의 시간에서 벗어나지 못하면서' 혼돈과 무질서의 정점을 향해 비등하던 해방 이후 상황에 대해 매우 냉소적이고 부정적이었다. 「맹순사」를 비롯하여 비슷한 시기에 발표한 작품들은 해방 이후 상황의 본질을 정확하게 간파하는 명민한 역사의식과 부정적인 대상에 대한 집요한 대결의식에 기초한 냉소와 풍자의 정신을 바탕으로 해방 이후의 부조리와 무질서를 고발하고 증언하고자 하는 문제의식에서 발표한 작품들이다.

---

41   채만식, 「글루미 이맨시페이션」, 『예술통신』, 1946년 11월 6일.

의욕적으로 이 작품들을 발표하던 당시 채만식의 내면은 착잡하고 복잡했을 것으로 판단된다. 본인 스스로 '신경질 제 3기'로 규정할 정도로 깔끔하고 예민했던 채만식이었기에 해방 이후 시대상황과의 대결의식을 반영하는 그러한 작품들을 발표하기 위해서는 어떤 형태로든지 일제 말기 자신의 대일 협력 행위를 청산하고 정리하는 절차를 거치지 않으면 안 되었기 때문이다. 해방을 계기로 새로운 출발을 다짐하면서 자신의 정체성을 새롭게 다져나가던 채만식에게 그러한 절차는 일종의 통과제의나 고해성사의 의미를 지니고 있었을 것이다. 하지만 다짐과는 달리 실제로 자신의 대일 협력 행위를 반성하고 참회하는 고백은 쉽지 않았을 것이다. 채만식에게 그러한 고백은 자신의 무의식 속에 억압의 형태로 잠복해 있던 죄의식의 뿌리를 끊임없이 호출해내야 하는 엄청난 고통을 요구하는, 따라서 더 이상 반복하고 싶지 않은 악몽이었을 것이기 때문이다. 이러한 사정으로 인해 당시 채만식은 「민족의 죄인」과 같은 고백록의 집필 여부의 문제로 엄청난 신경 소모와 감정노동에 시달렸을 것으로 보인다.

게다가 명민한 채만식이었기에 자신보다 더 적극적으로 그리고 주도적으로 대일협력에 앞장섰던 문인들조차 아무런 일도 없었던 것처럼 관망하고 있는 상황에서, 자신이 앞장서서 고백을 해 버릴 경우 자신의 본의와는 다르게 뒤따를 파장이나 여파를 전혀 모르지 않았을 것이다. 그러한 여러 가지 요인이나 변수들로 인해 대일 협력 행위를 반성하고 참회하는 고백록을 집필하는 행위는 채만식에게 엄청난 부담으로 작용하면서 그의 실존을 압도했을 것으로 보인다. 그러한 상황에서 1946년 4월 말경에 윤에게서 받은 인격살인에 가까운 모욕과 경멸은 채만식으로 하여금 「민족의 죄인」을 집필하게 하는 결정적인 계기를 제공한 것으로 보인다.

하지만 채만식은 바로 「민족의 죄인」을 발표하지 못한다. 발표는 집필과는 또 다른 차원의, 아니 훨씬 더 강력한 수준의 무게감으로 채만식의 실존을 압도했을 것이기 때문이다. 「도야지」(1948.6.22 탈고, 『문장』 속간호 1948 발표)와 「낙조」(1948년 8.15일 탈고, 『잘난 사람들』 수록 1948)를 발표하는 시점까지 약 2년 동안의 공백기를 거친 다음에야 비로소 「민족의 죄인」을 발표하는 것을 보더라도 채만식이 「민족의 죄인」의 발표 문제로 받았을 감정노동이나 신경소모의 강도가 어느 정도였는가를 어렵지 않게 짐작할 수 있다. 그런 맥락에서 "채만식에게 있어 1946-7년을 전후한 해방 공간의 시기란 이런 시야에서 정신적으로 우울증의 상태를 감내하지 않으면 안 되었던 자기 처벌의 힘든 유형기의 세월로 파악"[42]하는 관점은 충분한 설득력을 지닌다.

정신분석의 유혹을 자극할 정도로 예민하고 깔끔했던 기질이나 성정. 내면의 생각이나 감정을 분식하거나 완곡하게 에둘러서 말하지 못하고 있는 그대로, 곧이곧대로 드러내던 직설적인 화법

---

42   한형구, 「작가의 존재와 자기 처벌, 혹은 대속」, 앞의 책, 304면

과 스타일. 이 작품의 집필 동기나 발표하던 당시 채만식이 처한 실존의 정황. 그리고 무엇보다도 이 작품에서 제시하고 있는 서사 정보와 실제 사실 정보 사이의 부합의 정도 등. 여러 가지 정황 등을 고려할 때 이 작품은 '소설의 형식적 외피를 두른 일기나 고백록'으로 읽는 게 이 작품에 대한 온당한 독법이라고 생각한다. 물론 이 작품이 고백록이나 참회록의 서사 일반이 지니고 있는 자기 합리화의 방어기제로부터 완전하게 자유롭기는 어려울 것이다. 특히, '상황론'을 내세우는 출판사의 김 군과 '원칙론'을 내세우는 전직 기자 윤과의 사이에 벌어지는 설전의 형식을 통해서 제시되는 논리적 공방은 반성의 진정성을 의심하게 되는 단초나 빌미를 제공하기에 충분하다. 하지만 부분과 전체의 해석학적 순환이라는 맥락에서 볼 때 이 작품에서의 서사의 초점이나 무게중심은 반성에 놓여 있다고 보는 게 합리적이다. 무엇보다 이 작품에서 반복강박에 가까울 정도의 빈도로 반복되면서 강조되고 있는 내용은 자신이 용렬하고 용기가 없어 시대의 압력과 폭력에 맞서지 못하고 부끄럽게도 대일 협력의 길로 들어서게 되었다는 고백이기 때문이다. 그 논리의 연장선에서 '용맹하지도 못한 동시에 영리하지도 못한 나는 결국 본심도 아니면서 겉으로 복종이나 하는 용렬하고 나약한 지아비의 부류에 들고 만 것이었다'[43]는

---

43   채만식, 「민족의 죄인」, 앞의 책, 126면.

고백은 대일 협력의 길로 들어서던 당시 채만식의 내면을 한치의 가감 없이 그대로 전사한 기록으로 읽어도 무리는 없을 것으로 보인다. '창녀 못지않은 그 매문질', '보기 싫은 양서동물', '씻어도 깎아도 지워지지 않는 '영원한 죄의 표지' 등의 표현은 자신의 대일 협력 행위로 인해 채만식의 내면에 형성된 죄의식과 자기 혐오의 강도가 어느 정도였는가를 짐작하기에 어렵지 않아 보인다. '친일파 선생 배척'을 목표로 한 동맹 휴학의 와중에 자신의 안전과 영달을 위한 상급학교 입학시험 준비를 위해 상경한 조카에 대한 훈계와 신칙 또한 당시 채만식의 내면과 무의식을 장악했던 죄의식과 자기 혐오와 밀접한 관련이 있다.

> "저 한 사람 조그마한 이익이나 구차한 안전을 얻자구, 옳은 일 못하는 거 그거 사람 아냐. 너 명색이 상급생이지?"……
> "옳은 일을 위해 나서서 싸우는 대신, 편안하구 무사하자구 옳지 못한 길루 가는 놈은, 공부 아냐 뱃속에 육쪽 배포했어두 아무짝에두 못쓰는 법야."
> "공부보다두 위선 사람이 돼야 해. 옳은 일을 하기 위해선 불 가운데라두 뛰어 들어갈 용기. 옳지 못한 길에는 칼을 겨누면서 핍박을 하더래두 굽히지 않는 절개. 단체를 위한 일이면 개인을 돌아보지 않는 의협. 그런 것이 인격야…… 알

았어. 이놈아."[44]

'저 한 사람 조그마한 이익이나 구차한 안전을 얻자구, 옳은 일 못하는 거'그거 사람 아냐, '옳은 일을 하기 위해선 불 가운데라두 뛰어 들어갈 용기. 옳지 못한 길에는 칼을 겨누면서 핍박을 하더래두 굽히지 않는 절개. 단체를 위한 일이면 개인을 돌아보지 않는 의협'에서 확인할 수 있는 바와 같이, '나'가 조카를 훈육하고 신칙하는 과정에서 내세우는 핵심 덕목은 정의로운 일을 위해서라면 일신상의 이해나 안전은 조금도 돌아보지 않는 용기와 의협심이다. 용기와 의협심과 같은 도리와 명분을 내세워 조카를 훈육하고 신칙하는 행위의 무의식에는 말과 글을 통한 국책 선전과 전시체제 동원을 강요하던 천황제 파시즘과 군국주의의 집단적인 광기에 용기 있게 저항하지 못하고 협력한 자신의 용렬함을 처벌하고자 한 채만식의 자기 처벌의 의지가 개입되어 있다. 다시 말해 조카에 대한 훈계와 신칙은 대일 협력으로 인한 채만식의 죄의식과 자기 혐오 감정이 조카에게 투사된 것이다. 한마디로 조카에 대한 '나'의 훈계와 신칙은 조카를 매개로 한 채만식의 자기 처벌로 보는 것이 온당한 해석일 것이다. 실제로 채만식은 '집으로 돌아와 병난 사람처럼 꼬박 보름을 누워 있을' 정도로, 그리고

---

44   위의 책, 159-160면.

'울분이 도무지 어따 대구 풀 길이 없는 울분이 가슴속에 가 뭉쳐 가지구 무시루 치달아 오를' 정도로 P사에서 윤으로부터 받은 조롱과 경멸로 인한 충격과 상처는 생과 사의 경계를 넘나들 정도로 컸던 것으로 보인다. 이 작품을 발표한 후 약 2년이 지난 1950년 5월 27일(음), 채만식은 지천명을 눈 앞에 둔 49세의 길지 않은 생애를 마감하기 때문이다. 채만식의 길지 않은 생애에는 물론 20대 이후 끊임없이 그의 생의 에너지를 탕갈해온 지병들이 결정적인 변수로 작용했을 것이다. 하지만 P사에서 윤으로부터 받은 조롱과 경멸로 인한 상처와 충격은 채만식의 그러한 지병들을 치명적일 정도로 악화시켰을 것으로 보인다.

소설의 형식적 외피를 두른 일기나 고백록으로 읽어야 온당한 이 작품을 통해 채만식이 고백하고 있는 반성은 여러 가지 맥락을 고려할 때 충분한 진정성을 확보하고 있다고 생각한다. 따라서 이 작품이 "고백의 서사로서 주목할 만한 개인적 진정성을 갖추고 있다"[45]나 이 작품을 "진정으로 민족적 작가로서의 자기 반성과 그에 준한 자기 처벌의 의지를 내면화한 작품"[46]으로 해석하는 논의는 적절해 보인다. 같은 맥락에서 이 작품에 대해 "이광수를 많이 닮은 그 글은 구차스러운 변명이고, 자기 합리화를 위한

---

45   박상준, 「「민족의 죄인」과 고백의 전략」, 이주형 편, 앞의 책 406-407면.
46   한형구, 「작가의 존재와 자기 처벌, 혹은 대속」, 군산대학교 채만식연구 센터 편, 앞의 책, 303면.

공범의식의 조장일 뿐 진정성이라고는 없다"[47]라는 지적은 너무 가혹하거나 인색한 평가가 아닌가 생각한다. 더욱이, "일제 식민지 시대를 마감하고 새로운 민족국가 세우기에 나서면서 누구도, 그리고 어떤 작품도, 이처럼 전면적으로 자신의 민족적 죄상을 밝히고 그 업보를 수용함으로써 '민족문학'을 정화하고자 한 경우가 없었다. 천하가 다 아는 친일 작가, 친일 문인의 존재가 수다했음에도 불구하고, 아무도(채만식처럼) 반성의 제단을 차린 다음 민족문학의 수립에 헌신하고자 한 경우가 없었다"[48]는 사실을 고려하면 이 작품을 통해서 보여준 반성의 진정성에 대해서는 조금도 인색해야 할 필요가 없다고 생각한다.

6. 나오는 글

채만식의 대일 협력과 반성의 윤리를 해석하고 천착해보고자 하는 목적에서 출발한 이 글을 이제 매조져야 할 시점이다. 1924년 「세 길로」를 통해 등단한 이후 채만식은 항상, 식민지 조선의 구체적 현실이 제기하는 시대적 과제와 정직하게 대결하고자 했

---

47   조정래, 『누구나 홀로 선 나무』, 문학동네, 2002, 213면.
48   한형구, 「작가의 존재와 자기 처벌, 혹은 대속」, 군산대학교 채만식연구센터 편, 앞의 책, 279-280면.

고, 그러한 대결의지를 바탕으로 한 민족적인 전망의 모색에 충실한 리얼리스트로서의 지향으로 일관해 왔다. 하지만 안타깝게도 채만식은 천황제 파시즘과 군국주의의 광기가 식민지 조선의 모든 영역을 무차별적으로 장악하는 일제 말기의 시대적인 압력에 맞서는 용기를 보여주지 못하고 대일 협력의 길로 들어서게 되는 과오를 범하게 된다. 하지만 주로 시사 평론을 통한 대일 협력의 글쓰기 행위를 하는 대일 협력기에도 일제의 식민주의 이데올로기의 허구성이나 제국주의적 욕망의 간계를 비판하다 총독부의 검열에 의해 연재가 중단된 것으로 추정되는 『어머니』[49]를 연재하거나 "쓰면서 가끔 배신을 하다가, 두어 차례나 불려 들어가 검열관-퇴직 순검한테 꾸지람도 듣고, 문학 강의도 듣고"[50] 할 정도로 서사의 균열과 분열을 드러내는 『여인전기』를 발표한 것을 보더라도 적어도 채만식은 신념이나 적극적인 의지를 가지고서 자발적으로 대일 협력의 길을 선택한 것으로는 보이지 않는다. 더욱이 채만식은 해방 이후 「민족의 죄인」을 통해 자신의 역사적인 과오에 대한 통절한 반성과 참회의 기록을 남기고 있다. 그리고 반성의 진정성에 관한 한 그 기록은 거의 유일한 사례라는 점에서 평가하지 않을 수 없다. 채만식의 대일 협력을 해석하고 평

---

49 일제의 검열이 사라진 1947년 3월 서울 타임스사에서 그 제목을 바꾸어 출판한 『여자의 일생』을 보면 그러한 추정은 충분한 설득력을 확보한다.

50 채만식, 「민족의 죄인」, 앞의 책, 135면.

가할 때 이러한 사실들은 충분히 존중되고 고려되어야 할 것이다. 이러한 맥락에서 "친일에 나선 행위나 글의 수량보다는 신념 여부 또는 그 질이 친일문인 판정에 더욱 중요할 것인데, 명단 가운데는 선뜻 동의하기 어려운 경우가 적지 않다. 채만식은 대표적일 것이다…… 우리는 그가 '신체제'와 대결하는 내적 고투에까지 이르지 못했다고 비판할 수는 있어도, 그에 온몸으로 투항했다고 비난할 수는 없을 것이다. 더구나 그는 해방 직후, 유일하게 자신의 친일을 고백함으로써 친일문제를 공론에 붙였다"[51]는 지적은 채만식의 대일 협력과 반성의 정곡을 꿰는 적실한 통찰이 아닐 수 없다.

---

51   최원식, 「친일문제에 접근하는 다른 길」, 『창작과 비평』2006년 겨울, 373-374면.

원전 목록

다음은 이 책에 수록된 개별 논문들의 원전 목록이다. 이 책에 실린 세 편의 논문 가운데 두 편의 글은 아래 원전을 부분적으로 수정·보완한 것이다. 수정·보완 작업은 오·탈자의 교정과 양식의 통일, 그리고 글의 문맥을 좀 더 자연스럽게 다듬는 수준에서 수행하였다.

채만식의 『탁류』에 나타난 군산의 지정학
　: 전북학연구센터, 『전북학연구』제10집, 2023.12.
채만식 문학의 대일 협력과 반성의 윤리
　: 현대문학이론학회, 『현대문학이론연구』, 제42집. 2010.9.
　도서출판 역락, 『일제 강점기 민족문학 작가와의 대화: 염상섭·채만식·김사량』, 2022.4.

참고문헌

1. 기본 자료
정홍섭 엮음, 『채만식 선집』, 현대문학, 2009.
채만식, 공종구 엮음, 『탁류』, 현대문학, 2011.
『레디메이드 인생』, 문학과 지성사, 2008.
『채만식 문학전집』1-10, 창작과 비평사, 1989.

2. 국내외 논저
강진호 엮음, 『한국문단 이면사』, 깊은샘, 1999.
검열연구회, 『식민지, 검열: 제도·텍스트·실천』, 소명출판, 2011.

고명섭, 『담론의 발견』, 한길사, 2006.

공임순, 『식민지의 적자들』, 푸른역사, 2005.

공제욱·정근식 편, 『식민지의 일상, 지배와 균열』, 문화과학사, 2006.

공종구, 『한국 현대소설의 윤리』, 박문사, 2009.

공종구, 「『탁류』에 나타난 가족과 자본」, 한국현대소설학회, 『현대소설연구』53, 2013.8.

공종구, 『일제 강점기 민족문학 작가와의 대화: 염상섭·채만식·김사량』, 역락, 2022.

공종구, 「채만식의 『탁류』에 나타난 군산의 지정학」, 전북학연구센터, 『전북학연구』제10집, 2023.12.

권성우, 『비평의 고독』, 소명출판, 2016.

군산대학교 채만식연구센터 편, 『채만식 중·장편 소설 연구』, 소명출판, 2009.

김남천, 「세태·풍속 묘사 기타」, 『비판』, 1938.5.

김민영·김양규, 『철도, 지역의 근대성 수용과 사회경제적 변용』, 선인, 2005.

김병걸·김규동 편, 『친일문학작품선집』, 실천문학사, 1986.

김석원, 『일본의 한국경제침략사』, 한길사, 2022.

김영정 외, 『근대 항구도시 군산의 형성과 변화』, 한울아카데미, 2008.

김윤식 편, 『채만식』, 문학과 지성사, 1984.

김윤식, 『백철 연구』, 소명출판, 2008.

김재용, 『협력과 저항』, 소명출판, 2004.

니콜러스 로일, 오문석 옮김, 『자크 데리다의 유령들』, 앨피, 2013.

동국대학교 문화학술원 한국문학연구소 편, 『식민지시기 검열과 한국문화』, 동국대학교 출판부, 2010.

마르쿠스 슈뢰르, 정인모·배정희 옮김, 『공간·장소·경계』, 에코리브르, 2010.

모리스 블랑쇼, 박혜영 옮김,『문학의 공간』, 책세상, 1998.

문경연 외 역,『좌담회로 읽는『국민문학』』, 소명출판, 2010.

문학과 사상연구회,『이태준 문학의 재인식』, 2004.

문학과 사상연구회,『채만식 문학의 재인식』, 소명출판, 1999.

미셸 푸코, 오생근 역,『감시와 처벌: 감옥의 역사』, 나남출판, 2000.

민족문제연구소,『친일파란 무엇인가』, 아세아문화사, 1997.

민족문학사연구소 엮음,『민족문학과 근대성』, 문학과 지성사, 1995.

박도 엮음,『일제강점기』, 눈빛, 2011.

박명규,「일제하 수리조합의 설치과정과 그 사회경제적 결과에 대한 연구: 전북지방을 중심으로」, 성곡 언론문화재단,『성곡논총』제20집, 1989.

박수현,「누구를 위한 개발인가?: 수리조합사업의 실체」, 재단법인 역사와 책임,『내일을 여는 역사』76호, 2019 가을호.

박찬부,『기호, 주체, 욕망』, 창비, 2007.

박철웅,「채만식 소설『탁류』의 장소성에 관한 연구」, 한국지리학회,『한국지리학회지』10권 2호, 2021.

방기중 편,『일제 파시즘 지배정책과 민중생활』, 혜안, 2004.

방민호,『일제 말기 한국문학의 담론과 텍스트』, 예옥, 2011.

방민호,『채만식과 조선적 근대문학의 구상』, 소명출판, 2001.

변화영,「소설『탁류』에 나타난 군산의 식민지 근대성」, 역사문화학회,『지방사와 지방문화』, 2004.5.

변화영,「소설과 민족지의 경계 넘기:『탁류』의 경우」, 한국문화인류학회,『한국문화인류학』37-1, 2004.

송하춘,『채만식』, 건국대학교 출판부, 1994.

와타나베 나오키·황호덕·김응교,『전쟁하는 신민, 식민지의 국민문화』, 소명출판, 2010.

염무웅,『혼돈의 시대에 구상하는 문학의 논리』, 창작과 비평사, 1995.

유종호,『문학은 끝났는가』, 세창출판사, 2015.

윤건차, 이지원 옮김,『한일 근대사상의 교착』, 문화과학사, 2003.

윤치호, 김상태 편역,『윤치호 일기』, 역사비평사, 2005.

이영훈 외,『근대조선수리조합연구』, 일조각, 1992.

이주형,『한국근대소설연구』, 창작과 비평사, 1995.

이주형 편,『채만식 연구』, 태학사, 2010.

이중연,『'황국신민'의 시대』, 혜안, 2003.

이진경,『근대 주거공간의 탄생』, 소명출판, 2000.

이-푸 투안, 구동회·심승희 옮김,『공간과 장소』, 대윤, 2011.

이형진,「일제 강점기 미두증권시장정책과 '조선취인소'」, 연세대학교 대학
　　원 석사학위논문, 1992.

임경석·차혜영 외,『『개벽』에 비친 식민지 조선의 얼굴』, 모시는 사람들, 2007.

임명진,「채만식『탁류』의 장소에 관한 일 고찰」, 현대문학이론학회,『현대
　　문학이론연구』59, 2014.12.

임화,「세태소설론」,『동아일보』, 1938.4.1-4.6.

임화문학연구회 편,『임화문학 연구』5, 소명출판, 2016.

전남일 외,『한국 주거의 사회사』, 돌베개, 2008.

전봉관,「황금광시대 지식인의 초상: 채만식의 금광행을 중심으로」,『한국
　　근대문학연구』6, 2002 하반기.

정근식 외 엮음,『검열의 제국』, 푸른역사, 2016.

정종현,『동양론과 식민지 조선 문학』, 창비, 2011.

정창석,『식민지적 전향』, 소명출판, 2025.

친일문제연구회 엮음,『조선총독 10인』, 가람기획, 1996.

조남현,『한국문학잡지사상사』, 서울대학교출판문화원, 2012.

조정래,『누구나 홀로 선 나무』, 문학동네, 2002.

최규진,『포스터로 본 일제강점기 전체사: 일본식민주의 미학과 프로파간

다』, 서해문집, 2023.

최수일, 『『개벽』 연구』, 소명출판, 2008.

최유리, 『일제 말기 식민지 지배정책 연구』, 국학자료원, 1997.

최유찬, 『문학의 모험』, 역락, 2006.

최유찬, 『채만식의 항일문학』, 서정시학, 2013.

최호근, 『역사문해력 수업』, 푸른역사, 2023.

크리스 바커, 이경숙·정영희 옮김, 『문화연구사전』, 커뮤니케이션북스, 2009.

테리 이글턴·매슈 버몬트, 문강형준 옮김, 『비평가의 임무』, 민음사, 2015.

페터 슬로터다이크, 이진우·박미애 옮김, 『냉소적 이성비판』1, 에코리브르, 2005.

하시야 히로시, 김제정 옮김, 『일본 제국주의, 식민지 도시를 건설하다』, 모티브, 2005.

하지연, 『식민지 조선 농촌의 일본인 지주와 조선 농민』, 경인문화사, 2018.

한수영, 『친일문학의 재인식』, 소명출판, 2005.

한지현, 「『탁류』의 여성의식 연구」, 한민족문화연구소, 『한민족문화연구』6, 2000.6.

홍성찬 외, 『일제하 만경강 유역의 사회사: 수리조합·지주제·지역 정치』. 혜안, 2006.

홍종욱, 「중일전쟁기(1937-1941) 사회주의자들의 전향과 그 논리」, 서울대학교 대학원 석사학위 논문, 2000.2.

공종구

학력 및 경력

전남 여수 출생(1957)

전남대학교 국어국문학과 졸업(1977-1984)

전남대학교 대학원 석·박사(1984-1992)

군산대학교 국어국문학과 교수(1992.9-2023.2)

군산대학교 명예교수(2023.3-현재)

주요 저서

『한국현대문학론』, 국학자료원, 1997.

『한국현대소설의 윤리』, 박문사, 2009.

『일제 강점기 민족문학 작가와의 대화』, 도서출판 역락, 2022. 등

주요 논문

「손창섭 소설의 기원」

「채만식의 산문」

「1950년대 염상섭 소설의 여성의식과 사회·정치의식」

「김숨의 초기소설에 나타난 가족」

「김사량 소설에 나타난 재일조선인 노동자」 등

채만식의 민족문학

초판1쇄 인쇄 2024년 4월 1일
초판1쇄 발행 2024년 4월 15일

지은이   공종구
펴낸이   이대현

편집   이태곤 권분옥 임애정 강윤경
디자인   안혜진 최선주 이경진
마케팅   박태훈 한주영

펴낸곳   도서출판 역락
출판등록   1999년 4월 19일 제303-2002-000014호
주소   서울시 서초구 동광로 46길 6-6 문창빌딩 2층 (우06589)
전화   02-3409-2060
팩스   02-3409-2059
홈페이지   www.youkrackbooks.com
이메일   youkrack@hanmail.net

ISBN 979-11-6742-731-1 93810